Lua de prata

Quando a paixão acontece entre mulheres

Dados Internacionais de Catalogação na Publicação (CIP)
(Câmara Brasileira do Livro, SP, Brasil)

Busin, Valéria Melki
Lua de prata : quando a paixão acontece entre mulheres / Valéria Melki Busin. – São Paulo : Summus, 2003.

ISBN 85-86755-35-4

1. Ficção brasileira 2. Lésbicas – Ficção I. Título. II. Título: quando a paixão acontece entre mulheres.

03-2039 CDD-869.93

Índice para catálogo sistemático:

1. Ficção : Literatura brasileira 869.93

Lua de prata

Quando a paixão acontece entre mulheres

VALÉRIA MELKI BUSIN

LUA DE PRATA
Quando a paixão acontece entre mulheres

Capa: **Bamboo Studio**
Editoração eletrônica: **Acqua Estúdio Gráfico**
Editora responsável: **Laura Bacellar**

Edições GLS
Rua Itapicuru, 613 cj. 72
05006-000 São Paulo SP
Fone (11) 3862-3530
e-mail: gls@edgls.com.br
http://www.edgls.com.br

Atendimento ao consumidor:
Summus Editorial Ltda.
Fone (11) 3865-9890

Vendas por atacado:
Fone (11) 3873-8638
Fax: (11) 3873-7085
e-mail: vendas@summus.com.br

Impresso no Brasil

Este livro é dedicado a todas as pessoas
que, a seu modo, lutam para construir uma
sociedade mais justa e menos preconceituosa.

E também a todas as mulheres do
grupo Umas & Outras.

AGRADECIMENTOS

Gostaria de agradecer a todas as pessoas que ajudaram este livro a nascer, especialmente:

Renata Junqueira, minha mulher, que teve a paciência de acompanhar todo o processo de criação, me incentivando sempre, me fortalecendo, discutindo comigo idéias e soluções, lendo e relendo cada página escrita, me ajudando a corrigir detalhes e me iluminando. Acima de tudo, por acreditar em mim sempre.

Dani Cris Oliveira, Paulo Fernando Pereira de Souza e **Reginacéli Freire**, amigos da vida inteira, que fizeram questão de ser meus leitores críticos e deram opiniões preciosas, além de me proverem com combustível – leia-se coragem – para continuar.

Dinalva Tavares, que gentilmente me acolheu em Maresias com a generosidade das pessoas muito especiais. Obrigada, Dina!

Laura Bacellar, que confiou e apostou em mim mais uma vez.

Márcia Yáskara Guelpa, amiga para toda hora, cuja dignidade me inspirou em vários momentos.

Marília de Souza Lopes, que generosamente me emprestou o seu notebook para a temporada em Maresias e teve de se virar sem ele. Valeu, Marília!

Cada ato de coragem torna a tempestade mais branda.
Um dia, tenho certeza, vou dançar sob uma garoa fina
nos braços da minha amada.

Valéria Melki Busin

1

Ana Maria chegara bem mais cedo à escola naquela segunda-feira. Tentava começar logo a nova semana para enterrar de vez um fim de semana que havia beirado o trágico. Não estava funcionando, pois, seu coração despedaçado não a deixava esquecer. Sacudiu a cabeça com firmeza, quem sabe espantava as idéias difíceis.

Sua sala ainda estava às escuras. Um dia frio de maio, excepcionalmente muito escuro às seis e meia da manhã. Sala sombria hoje, como sua alma. Um ruído áspero a despertou da tristeza, o telefone tocou e a fez estremecer. Um susto e o gesto automático:

– Alô?

– Quem está falando?

– Ana Maria.

– Oi, Ana, que bom que você já está aí. Aqui é a Mirella. Estou ligando para avisar que hoje não poderei dar aula. Você pode pedir ao Zé Eduardo que aplique a prova de história da sexta série por mim? É só ele pegar os originais com dona Odete da Secretaria, está tudo organizado. E, por favor, avise a Ana Lúcia que o Daniel não vai à aula hoje, tá?

– Tudo bem, eu aviso os dois, sim. Mas houve algum problema, Mirella? Posso ajudar em algo?

Um soluço cortou a conversa. Ana Maria ficou em silêncio, aguardando Mirella se recompor. Instantes depois, com a voz meio chorosa, Mirella explicou que terminara tudo com João Marcos, depois de nove anos de casamento.

– O fim de semana foi um terror, tivemos uma briga pavorosa. Nunca pensei que as coisas fossem chegar a esse ponto, mas agora está tudo acabado. Você não tem idéia de como estou arrasada, Ana.

– Posso imaginar – para sua própria surpresa, a voz saiu embargada, quase uma confissão. Para retomar o autocontrole, disparou a pergunta mais óbvia: – E o Dani, como está?

– Está na casa da minha irmã. Ele ainda não sabe direito o que tudo isso significa, mas vou ter uma longa conversa com ele o mais rapidamente que eu conseguir. Obrigada por tudo, Ana. Depois a gente se fala com calma, tá? – a voz de Mirella retomou o tom lacrimoso. Ana Maria foi rápida:

– Até amanhã. Cuide-se, hein?

– Está bem. Tchau.

Ana Maria desligou o telefone. Sua calma desaparecera. Enquanto suas mãos se apertavam nervosamente, lágrimas deslizavam por seu rosto triste. Os olhos embaçaram-se na lembrança.

– Rita, não se esqueça de colocar água na minha violetinha, hein? Ela está dando brotinhos pela primeira vez!

– Tá bom, meu amorzinho, eu cuido da sua violetinha. Pode ficar sossegadinha.

– Pára de me gozar, sua boba! Você não pode mesmo ir? Minha mãe tem perguntado por você, faz tanto tempo que você não vai a Leme comigo.

– Não dá, Aninha, vou ter fechamento de uma edição especial da revista, estou de castigo de novo. Vou ficar de plantão hoje à noite e provavelmente amanhã o dia todo. Só volto para casa amanhã à noite!

– Então se cuida. E me espera. Saio de lá no domingo depois do almoço, chego no fim da tarde. Você não vai estar trabalhando, vai?

– Se tudo correr bem, estarei esperando você com um jantarzinho especial. Vou sentir saudades, Aninha. Te amo.

– Também te amo muito. Tchau.

O trânsito infernal. Sexta-feira à noitinha, São Paulo pára em busca do fim de semana. Mais de uma hora e meia para chegar ao acesso para a estrada. Trânsito inesperado na estrada, tudo parado. Mais uma hora sem quase sair do lugar. O rádio avisa de um acidente na saída de Campinas: uma carreta tombada, atravessada na pista. Mortos e ambulâncias. "Vou levar séculos para chegar. Vou voltar." Uma hora e meia até chegar ao retorno. Meia hora para voltar para casa.

"Ué, o que é que o carro da Rita está fazendo aqui?" Um pressentimento e o motor do carro silencia rapidamente. O peito arrebentando, cada pancada que o coração dá faz eco no cérebro, um tum-tum frenético que a faz perder a respiração.

Uma volta por fora da casa, o miado do gato dá um susto. Uma parada para se recompor. Aproximação cautelosa. A janela do quarto deixa passar uma luz tênue, quase indigente. Chega bem perto, bem devagar, já sem ar e sem senso. Vozes. Gemidos. A zonzeira da surpresa.

"Na minha casa, Rita está me traindo na minha cama!" Um impulso de invadir, de interromper, de acabar com a festa e com a farsa. Febre e delírio. Mais um gemido rasga sua alma. Estaca. Coração subitamente amortecido, gelado.

Apóia as costas na parede sob a janela do seu quarto. Escorre com seu orgulho. Senta-se e espera, o tempo escoando com a garoa fina que encharca sua roupa. Não sabe de si, tanto que nem sente o frio que lhe faz morder os dentes, apertando o maxilar com força. Frio? Talvez vergonha.

A escuridão vai clareando com muito vagar. No seu pânico, pressente na brisa o cheiro das amantes saciadas. Arma o bote, mas não dispara. As horas levam milênios para atravessar sua dor. Pacientemente, ela espera.

Dia claro. Da sua casa, um cheiro quente de café. E o som de beijos e malícias. Não sabe se está à espera por determinação ou covardia. Raiva forte arranhando o peito. Olhos secos. A traição é mais amarga do que crê suportar. Amarga demais.

Outras vozes, outras mentiras. De repente, uma sucessão de memórias abafadas que querem vir à tona. Desculpas esfarrapadas, evasivas. Telefonemas por engano, muitos. Plantões infindáveis. "Essa não é a primeira vez", pensou com nojo. Na sua cama. Quantas?

Lembrava-se agora de brigas por nada, só uma desculpa para sair de casa? O pior de tudo era essa incerteza, essa falta de fronteira entre a suspeita e a realidade. Agora tudo valia a mesma coisa: nada.

Um ruído de chave, porta se abrindo, vozes melífluas espancando seus ouvidos, Rita ciciando para a outra:

– Meu bem, fica mais um pouquinho comigo. Por que tanta pressa?

– Já te falei, Ritinha, preciso ir trabalhar. Se eu pudesse, não desgrudava mais de você, você sabe bem disso, minha safadinha.

Um excesso de doçura que nem se lembrava de existir em Rita. Cinco anos mudam muita coisa no amor. Muita coisa. O abraço carinhoso agora sob suas vistas, as outras nem sequer suspeitando de que têm companhia. Rita abre o portão. Ao virar-se para sair, a outra crava com surpresa seus olhos azuis brilhantes nos olhos verdes de Ana Maria. Estremece, apressa-se em fuga, um gesto denunciando à Rita o achado.

Rita vira-se depressa e vê. Não acredita nos seus olhos. Arregala-os para buscar clareza. A boca se abre, mas não sai nenhum som. Alguns instantes nessa atitude patética. Ana Maria quase ri.

– Aninha, o que você está fazendo aqui fora? Meu Deus, desde que horas você está aí? Está toda molhada.

O olhar de Rita estava cheio de pena. Ana Maria não viu culpa, só pena. Nesse momento, entendeu que estava tudo acabado. Nenhuma culpa.

Ana Maria levantou-se rapidamente, entrou em casa e foi para o quarto. A cama desfeita, o calor da outra na sua cama. Arrancou os lençóis com raiva. Rita foi se aproximando assustada:

– Meu amor, não é nada disso que você está pensando!

– Se pelo menos você não me tratasse como idiota, já era alguma coisa. Eu não estou pensando nada, eu sei! Você podia pelo menos ter respeitado nossa casa, pelo menos isso!

– Aninha, foi só uma aventura, não vai acontecer mais. Eu amo você!

– Cínica, mentirosa. Não acredito em uma palavra do que você diz.

– Eu já menti alguma vez a você?

– Hipócrita! – Ana Maria se lembrou de pequenas e grandes mentiras que perdoara nos últimos anos. – Chega, você não me respeita, eu vou embora.

Recobrando o controle, Ana Maria começou a juntar suas coisas, enfiando de qualquer jeito, na mala aberta sobre a cama, roupas, sapatos, livros, objetos, documentos. Ainda guarda a imagem de Rita tentando impedi-la sem muito empenho, mais fazendo um tipo, enquanto murmurava desculpas frágeis e desconexas. Ana Maria foi ficando cada vez mais incomodada. Fechou a mala com esforço, menos pela dificuldade em si, mais pelas lágrimas que caíam ininterruptamente. Uma dor ainda a lançou numa triste recaída:

– Quantas? Quantas, Rita?

– Que é isso, Aninha? Pára com isso, vamos conversar direito. Guarda suas coisas, vai?

Ana Maria, quase histérica, gritando:

– Eu tenho o direito de saber. Com quantas mulheres você me traiu? Quantas deitaram na minha cama? Fala!

– Eu não estou entendendo você. Você sempre quis ter um relacionamento aberto, não quis? Então que papo é esse de "traição"?

– Você está se superando na arte da hipocrisia, Rita Melo. É verdade, sim. Eu sempre quis ter um relacionamento aberto, mas você nunca quis.

– Mas a gente pode mudar agora, que você acha?

– Quero que você morra!

Ana Maria pegou a mala, saiu de casa aos prantos. Abriu o bagageiro do carro, jogou a mala dentro dele. Rita falava baixinho pedindo que ela não fosse embora, que deixasse de bobagem, elas podiam conversar e acertar tudo.

Ana Maria nem ligou. Não ouvia, ou fingia não ouvir, a lenga-lenga lamurienta de Rita. Entrou no carro, deu partida, saiu arrancando furiosamente, acelerando, correndo muito. Em direção a nada.

Sete e dez, alguém batendo à porta despertou Ana Maria daquele torpor, olhos vermelhos de tanto chorar. Enxugando os olhos rapidamente, disfarçou a voz e avisou:

– Pode entrar.

– Nossa, dona Ana, a senhora está bem? O que aconteceu?

– Nada, Lurdes, nada demais. É que a Mirella, sabe quem é? A professora de história? Então. Ela ligou agora avisando que não pode vir hoje, está se separando do marido. E eu, que ando muito sensível, me emocionei. Foi isso.

– Nossa, coitada da dona Mirella. Quando ela vier, vou fazer um chá de sete-ervas para ela se recuperar logo. Vim perguntar se a senhora quer um café, um chá?

– Um café puro e sem açúcar, por favor.

Com uma careta, Ana Maria tomou o café e acordou para o dia de trabalho que começava. Precisava localizar o Zé Eduardo, o assistente pedagógico, para que ele assumisse o lugar de Mirella. Ser coordenadora não lhe deixava muito tempo vago para sofrer. Melhor assim.

Levantou-se, saiu de sua sala e dirigiu-se à dos professores. Chamou Zé Eduardo e Ana Lúcia e deu o recado de Mirella. Alguns professores que estavam por perto ouviram a conversa e começaram a fazer perguntas:

– Nossa, mas a Mirella e o João Marcos estão casados há muitos anos, não? Quantos anos tem o Dani, Anilu? – perguntou Roseli, professora de geografia.

Ana Lúcia, que alguns colegas tratavam por Anilu, era professora de primeira série, professora do Daniel.

– O Dani da Mirella? Está com sete anos.

– Eu não estou acreditando, gente. Os dois pareciam formar o casal mais perfeito do mundo. Deve ter acontecido alguma coisa muito grave – comentou Teca, professora de português, muito preocupada.

– Coitada da Mirella, será que ela está precisando de alguma coisa? – disse Carlos, professor de matemática, todo solícito.

Ana Maria ficou por ali, ensimesmada, ouvindo os comentários de solidariedade e apoio à Mirella, enquanto dentro de si rugia uma tristeza feroz. Ela, passando pela mesmíssima situação, numa terrível coincidência, sofria calada, sem poder falar de si mesma a ninguém ali no trabalho. Pensava que isso devia ser natural. Com que cara chegar aos colegas de trabalho e dizer, em alto e bom som: "Amigos, quero lhes comunicar que acabei de romper meu casamento de cinco anos com a Rita e estou arrasada"?

Não se sentia preparada para isso. Ainda não. Não que tivesse algum problema com sua orientação sexual, ao contrário. Tinha plena certeza de que seu amor era lícito e, mesmo católica, tinha consciência de que não cometia nenhum pecado, por mais que todas as autoridades da sua Igreja dissessem o contrário. Sabia que seu Deus, feito de amor, jamais condenaria o amor consentido entre duas pessoas.

Em seu íntimo, queria poder assumir seu amor em todo e qualquer lugar. Queria ser livre para amar, livre para sofrer. Como Mirella. Mas tinha muito receio quanto ao ambiente de trabalho, onde, afinal, passava a maior parte de seus dias úteis. Temia ser demitida. Ou ficar isolada.

"Que ironia, Deus meu. Que medo do isolamento é esse, se me sinto tão sozinha aqui? Há maior isolamento do que ter meu coração em pedaços e esse sorriso falso no rosto?"

Ficou perdida nessas divagações, alheia ao resto do mundo.

Quando deu por si, estava sozinha: o sinal havia soado, os professores foram para as salas de aula e ela restara ali, com sua dor e seu segredo.

Pela primeira vez entendeu perfeitamente a solidão do silêncio.

2

Era madrugada quando Mirella acordou. O sono escapuliu às três, mas ela ficou na cama, sem coragem de se mexer. Eram seis horas agora, o relógio já soara insistentemente por três vezes, mas ela ainda não conseguira se levantar. O travesseiro estava molhado de suas lágrimas, o corpo pesado, sem força para enfrentar o dia.

Mesmo deprimida, Mirella fez um esforço brutal para se levantar. Tinha o Daniel para cuidar e isso fazia toda a diferença. Se não fosse isso, talvez se entregasse ao impulso quase irresistível de não se levantar mais, tamanha era sua tristeza.

– Querido, levante-se. Vamos, está na hora – sua voz era suave, terna. Passando a mão com doçura sobre os cabelos do filho, continuava falando baixinho, animando-o a despertar.

– Mãe, está muito frio, não quero ir à escola.

– Filhinho, você já faltou ontem. Você acha que pode ficar nessa folga para sempre? – advertiu-o sorrindo, carinhosa.

Daniel foi se levantando com má vontade, cara emburrada. Trocou de roupa calado. Sentou-se à mesa, mas não quis comer nada. Mirella ficou preocupada. Não fora a situação difícil por que estavam passando, certamente agiria com maior firmeza. Agora sentia um misto de pena e culpa, achava que tudo estava sendo duro demais para um menino tão pequeno, mas como diferenciar a manha da dor verdadeira? Mirella sabia que precisava poupar forças. E se poupar dos sentimentos mais ásperos.

No carro, a caminho da escola, Mirella foi puxando conversa, tentando animá-lo. O menino, porém, continuava calado, muito sério.

– Dani, você está bravo?

Daniel se limitou a sacudir a cabeça, sinalizando que não.

– O que você tem, querido? Posso ajudá-lo de alguma maneira?

– Eu quero saber quando o meu pai vai voltar para casa.

Um soco no estômago, que tirou o ar de Mirella. Um golpe que ela não sabia como assimilar. Demorou alguns instantes para responder, fingindo concentração na manobra para estacionar o carro. Respirou fundo. "Preciso encarar os fatos, não posso mentir."

– Seu pai não vai voltar para casa, Dani. Nós falamos sobre isso ontem, lembra-se? Seu pai e eu estamos nos separando.

– Mentira, meu pai não ia embora sem mim, você está mentindo! – Daniel exclamou visivelmente alterado.

– Seu pai não está abandonando você. Ele só vai morar em outra casa, mas vocês vão se ver sempre. Ele virá buscar você para passar os fins de semana com ele.

– Eu não quero que ele more em outra casa. Eu quero que ele fique com a gente – sua fala já se misturando com um choro aberto, dolorido.

– Mamãe e papai não podem mais morar juntos, não vai ser bom para você também. Você viu o que aconteceu no fim de semana? – Mirella controlava-se desesperadamente para não cair no choro junto com o filho. – Enquanto seu pai e eu estivermos na mesma casa, isso vai continuar acontecendo. Não dá mais, meu filho, tente entender.

– Se o papai melhorar, você deixa ele voltar?

– Tenha um pouco de paciência para a gente ver como as coisas se ajeitam, está bem? Mas não espere que seu pai volte, não vai acontecer. Por enquanto, acredite em mim: seu pai te ama e vai ficar sempre perto de você.

– A culpa é sua, você que não quer. Eu ouvi você falando no telefone com a tia Isabella. A culpa é sua.

Daniel abriu a porta do carro, desceu e saiu correndo, sem sequer olhar aonde estava indo. Mirella respirou fundo. "Paciência, Mirella, você vai ter de ter muita paciência", pensou, tentando se consolar. Viu que Dani se misturava com as crianças que entravam pela porta da frente, estava seguro. Sem conseguir se conter mais, caiu num choro convulsivo, amargurado.

Deixou-se ficar encostada no carro, braços cruzados sobre o peito, num esforço para controlar-se e poder trabalhar. Ergueu a cabeça e viu professores se aproximando, horário em que a maioria chegava e deixava seu carro no estacionamento interno. Respirou fundo e recobrou alguma calma. Começou a andar devagar, cabisbaixa.

Chegou à sala dos professores. Os mais íntimos correram para junto de Mirella, solícitos, acolhedores. Outros, menos próximos, chegaram mais devagar, a distância. Abraços e palavras amigas foram um conforto inesperado, Mirella se sentiu amparada.

Conversou alguns minutos com Ana Lúcia, pediu-lhe atenção especial ao Dani, que se sentia confuso e infeliz. Ana Lúcia, uma jovem e empenhada professora, assegurou-lhe que cuidaria de Daniel. Mirella sentiu-se quase bem.

Teca aproximou-se carinhosamente. Ambas eram amigas havia muitos anos, desde que Mirella entrara como estagiária na escola, há pouco mais de oito anos, era então recém-casada. Procuraram refúgio nos sofás do canto da sala. A conversa começou quase aos sussurros, como se fosse preciso uma delicadeza a mais, uma proteção.

– Mirella, quase caí de costas, menina. O que aconteceu? Eu pensava que vocês vivessem bem, foi um choque!

– A gente não vem bem já faz alguns anos, mas eu não conseguia tocar no assunto. Eu queria muito que tudo desse certo, queria acreditar que os problemas eram passageiros e a gente retomaria a vida normal. Por isso, não falava nada para ninguém, sempre com muita esperança. Mas não dá, Teca, o João Marcos é outra pessoa agora, muito diferente do que eu conheci.

– Diferente em quê?

– Bem, acho que ele tem algum problema grave, mas não quer se cuidar de jeito nenhum. Quero dizer, ele está desequilibrado.

– Desequilibrado? – Teca tentava ajustar a imagem que tinha de João Marcos, um jovem comerciante de sucesso, bem centrado e muito correto, àquela nova, revelada por Mirella.

– Ele às vezes fica muito agressivo. Tem crises e me ataca verbalmente, aos gritos, é horrível – Mirella deixa escapar um soluço miúdo, tímido.

– Meu Deus do céu! Ele bateu em você?

– Não, nunca. A agressão é sempre verbal, nunca física. Eu só sei que foi ficando insuportável – olhando no relógio, Mirella verificou quanto tempo disponível ela ainda tinha. – Você entra na primeira aula? Eu estou "de janela", só entro na segunda.

– Eu tenho de dar supervisão para minha estagiária, mas ainda podemos conversar por mais alguns minutos, não tem problema.

– Eu vou te contar um pouco do último fim de semana para você ter uma idéia – Mirella olhou bem para a frente, os olhos arregalados, quase vidrados.

Nesse momento, Ana Maria se aproximava com delicadeza, pedindo licença timidamente. Teve a impressão de que Mirella olhava para ela, mas logo percebeu que a colega olhava através dela, para além, ou melhor dizendo, para antes, para dentro. Sem querer atrapalhar, quedou-se imóvel, aguardando, um tanto constrangida.

Mirella olhou corajosamente para dentro de si e deixou que as primeiras memórias daquele fim de semana terrível viessem à tona. Ficou instantes em silêncio, enquanto Teca e Ana Maria mal respiravam, intuindo a delicadeza do momento.

Sábado chuvoso. Daniel brinca na sala, os brinquedos todos espalhados. Ele está chatinho e Lina, a babá, procura distraí-lo, contando piadas e falando as bobagens que criança gosta de ouvir. Como de costume, João Marcos chega às duas da tarde, depois de fechar a loja de autopeças.

No aparador da sala, contas e cartas entregues no dia anterior. João Marcos entra. Mirella nota seu olhar. Transtornado. "Ele está alterado de novo." Prepara-se, estendendo a paciência para além de seus limites. João Marcos beija o filho, acena para Lina. Pára diante do aparador. Ainda não se dirigiu à Mirella, que aguarda com respiração quase suspensa. "O que será desta vez", pensa agoniada. Ele pega ao acaso a conta de luz, olha atentamente.

O primeiro grito rompe a expectativa. Mirella recua, assustada. "Vai começar."

– Que merda é essa? – grita furiosamente, sacudindo a conta bem perto do rosto dela.

Mirella sabe que não adianta responder. Aguarda que ele sinalize o próximo passo. Daniel, assustado, corre e abraça Lina, que o pega no colo e sai. Lina está há muito tempo com eles, já sabe o que fazer.

– Que é que anda acontecendo nessa casa? Virou um puteiro, é isso?

– João, pára com isso. Olha o Dani!

– Que olha o Dani coisa nenhuma – seus berros ecoam pela casa toda. – É bom que ele saiba que vive num puteiro. É bom aprender desde cedo que a mãe é uma cafetina.

Humilhação e vergonha. Medo.

– Pára, João. Não admito que você fale assim comigo. Por que essa história agora?

– Você já viu esta conta? – sacudindo-a novamente muito perto de Mirella, aos gritos, ensandecido. – Só num puteiro se gasta tanta eletricidade, as vadias precisam de luz para enxergar a carteira de seus clientes. Não é verdade? Fala, Mirella.

– João, pára com isso. Dá para ouvir lá da rua os seus gritos. Os vizinhos...

– Quero que os vizinhos se danem – João Marcos se aproxima da grande janela da sala e grita para a rua. – Quero que os vizinhos se lixem. Quem paga as contas do puteiro? Quem? Não é vizinho nenhum! Sou eu, porra!

– João, chega. Procure se acalmar. Deixa eu ver essa conta – Mirella se aproxima devagar, tremendo, mas ousando. – Me dá ela aqui, deixa eu ver o que tem de diferente.

– De diferente tem que você precisa cuidar para que o puteiro não vá à falência. Entendeu?

João Marcos anda de um lado para outro, furioso, as ventas dilatadas como um touro na arena. Começa a bater portas, abrir e fechar armários com enorme estrondo. Ao mesmo tempo em que grita, chuta para longe um carrinho de Daniel. Amassa e joga a conta de luz na direção de Mirella. Derruba vários objetos de decoração do aparador, alguns se quebram e os pedaços se espalham pelo chão.

A cena perdura por muitos minutos, quase uma hora de pânico. O palco vai se modificando conforme João se movimenta pela casa. Chuta o armário do banheiro, quebra um vaso na cozinha, bate a porta, sai para o quintal, grita sem parar.

– Se você não sabe o que é um lar, Mirella, não é culpa sua. Você nunca teve casa, só sabe viver assim, nessa putaria. Eu quero viver num lar, com decência, com dignidade. Entendeu, sua vadia?

João Marcos sempre conseguia deixá-la arrasada. A humilhação máxima não era a ofensa em si, mas esse uso perverso da sua tristeza. Mirella tinha ficado órfã quando era ainda criança muito pequena, vivera pulando de casa em casa, com tios pouco amorosos, trocando de casa e de família conforme a conveniência de quem a hospedava. Tudo o que ela sempre quis foi ter uma casa e uma família, sua família. Mirella não suporta mais, deságua num choro violento, descontrolado. Vendo-a chorar convulsivamente, João Marcos volta a si. Em instantes, está de novo normal e suas maneiras tornam-se gentis.

– Mirella, meu amor, me desculpa? Eu não sei o que aconteceu comigo...

Só assim, depois que Mirella estava destruída, é que João Marcos parecia recobrar a razão. Então vinha a culpa e ele queria enchê-la de beijos e carinho, queria reparar o mal. Mas nunca tentava realmente evitá-lo.

Mirella ficou sentada no chão, no canto da sala. Abraçada às suas pernas, chorava sem conseguir mais se conter. João Marcos vinha abraçá-la, tentava acariciar-lhe os cabelos. Ela se esquivava, enojada, saturada de tanta humilhação. Depois de muito tempo, ela conseguiu recuperar alguma calma. Com o coração apertado, sentindo uma raiva que até então desconhecia, olhou bem para o marido:

– Vai embora daqui. Eu não quero te ver nunca mais. Vai embora dessa casa agora!

– Mirella, não fala assim. Você está chateada, tem toda a razão, mas eu peço desculpas. Olha, eu estou me ajoelhando para te pedir perdão. Por favor, Mirella, eu te amo!

– Você não me ama. Se amasse, tentaria mudar. Quantas vezes eu marquei psicólogo, psiquiatra e o escambau? Você nunca foi. Você não quer mudar. Seu egoísmo me fez sofrer mais do que eu posso agüentar, João. Vai embora!

– E ele saiu de casa? – Teca parecia compungida.

– Saiu, mas deixou o rastro da destruição dentro de mim.

– Nossa, Mirella, eu jamais imaginaria que as coisas estivessem assim. Pelo que você conta, faz muito tempo que isso vinha acontecendo.

– Desde que o Daniel fez quatro anos. Fez três anos já. No início, as crises eram bem mais raras, mas aos poucos a freqüência foi aumentando, até chegar a um nível insuportável.

– Três anos? Meu Deus, você nunca deixou transparecer nada!

– Pois é...

– Ai, Mirella, meu tempo acabou, preciso ir para minha supervisão. A gente conversa mais depois, tá?

Só então Mirella percebeu Ana Maria com olhar marejado, parada próxima a ela, sem jeito nem graça.

– Ana, desculpe-me, eu nem te dei atenção.

– Que é isso, Mirella. Eu é que peço desculpas, afinal fiquei aqui ouvindo sua história sem saber se podia. Desculpe-me por essa invasão. Eu vim aqui para conversar com você, mas você começou a falar com a Teca... Acabei hipnotizada pelo seu relato e perdi todas as noções da boa educação.

– Nesse caso quem foi mal-educada fui eu, que fui falando de mim sem nem pensar se você estava querendo saber. Desculpe-me, estou tão tomada pelos meus problemas que ando fazendo bobagens.

– Então nos consideremos ambas desculpadas e continuemos a conversa. Pelo visto, podemos ficar nesses excessos de gentileza por muito tempo ainda – Ana Maria disse sorrindo, desanuviando um pouco a tensão. Mirella riu e perguntou:

– O que você tinha para me falar?

– Agora são duas coisas. Primeira, o Zé Eduardo disse que correu tudo bem ontem e deixou as provas para eu te entregar.

– Ah, que bom! Obrigada, Ana. Eu estava preocupada com isso.

– A outra coisa é... bem... – atrapalhou-se toda para falar. Respirou fundo e prosseguiu. – Eu queria dizer que posso imaginar a dimensão do que você está vivendo e... – torcendo as mãos, Ana Maria acrescentou – queria que você soubesse que pode contar comigo para o que precisar. Para desabafar, ou qualquer outra ajuda que eu possa dar, estou à disposição. Sei quanto é importante poder contar com os amigos nessas horas – disse isso num tom amargo, quase melancólico.

– É, você tem toda a razão. Pode deixar, que eu vou contar com você, sim, viu? Obrigada, Ana, você tem sido muito gente boa comigo.

Dando meia-volta, Ana Maria se retirou. Tudo o que ela queria nesse momento era que alguém pudesse pressentir sua tristeza e viesse lhe dizer exatamente o mesmo que dissera para Mirella. Sentiu-se um pouco egoísta. E sozinha.

Mirella se deixou ficar ainda algum tempo no sofá, pensando o quanto estava sendo bom poder contar com o amparo das pessoas. Sozinha agora, talvez enlouquecesse. "Ou talvez não. Na verdade, a gente nunca sabe exatamente do que é capaz", concluiu.

Ficou pensando também que nunca tinha reparado direito em Ana Maria. Ela parecia estar sempre alegre, sempre brincando com todo o mundo. Hoje Mirella conhecera outra faceta de sua personalidade, a da pessoa com quem se pode contar. "Ela é muito sensível. Na verdade, ela é toda delicadeza." Então se deu conta de que Ana Maria era uma das pessoas mais solidárias e solícitas que já conhecera, sempre disposta a ajudar os colegas, sempre pronta a estender a mão.

Sem mais nem menos, uma dúvida inquietou Mirella. "Nossa, em quase cinco anos que trabalhamos juntas na escola, nunca vi ninguém fazendo o mesmo por ela." Fez um esforço para se recordar de algum momento em que vira Ana Maria ser confortada por alguém, mas não conseguiu. "Que figura interessante", pensou Mirella, intrigada.

Recolheu seu material, aprumou-se para começar a dar aula. O trabalho ajudava a pensar menos, o tempo passaria mais amenamente entre os seus "filhotes", seu jeito carinhoso de se referir aos alunos. Respirou fundo para mudar o registro de seus pensamentos. Atravessou a fronteira entre a sua tempestade particular e sua *persona* de professora querida e popular no exato instante em que soava o sinal.

Lá no meio de tantos pensamentos, restou aquela imagem que a acompanharia durante todo o dia: o inesperado gesto terno e amigo de Ana Maria.

3

Mirella estava na fila para pagar o almoço. De relance, viu Ana Maria entrando no restaurante. Um sorriso esticou-se de lado a lado em seu rosto. Deu um jeito de sair um tantinho da fila e ser vista.

– Oi, Ana, como vai?

– Oi, Mirella. Você por aqui? Vai ficar para o *workshop* desta tarde?

– Vou, sim. O Dani vai viajar com minha irmã hoje à tarde, vai ficar fora todo o final de semana. Entre ficar sozinha me lamentando ou aprendendo alguma coisa nova, resolvi unir o útil ao agradável.

– Você já almoçou, pelo visto.

– Já, sim, uma pena. Se eu soubesse que você viria, teria esperado um pouco mais.

– Pena mesmo. Ainda mais que eu detesto comer sozinha, mas ultimamente...

Parou de repente, preocupada. Estava ficando desatenta demais. Quase soltou uma "confissão" da qual certamente se arrependeria depois. "Ana Maria, preste mais atenção nessa sua boca enorme!", advertiu-se mentalmente. Mirella, que parecia alheia a seu conflito, para seu espanto continuou a conversa exatamente de onde ela parara.

– Ultimamente?

– Ahn? – Ana Maria atrapalhou-se toda, mas conseguiu remendar. – Ultimamente tem me acontecido de comer sozinha com mais freqüência do que gostaria, infelizmente.

Mirella notou que havia algum problema, mas também percebeu que Ana Maria ficara um tanto perturbada. Ficou alguns instantes em dúvida. "Pergunto ou não?" Não seria elegante forçar a amiga a tocar em assunto incômodo. Mas, se não o fizesse, como poderia ajudá-la? Demorou-se um pouco nesse impasse e acabou desistindo. "Deixa pra lá, perdi o *timing.*" Mas a vontade de ficar junto ganhou corpo e coragem.

– Se você quiser, posso lhe fazer companhia – sugeriu Mirella um tanto sem graça.

– Claro que quero, vai ser ótimo.

As duas dirigiram-se à mesa. Ana Maria foi se servir, enquanto Mirella ficou aguardando, pensando como a coincidência tinha sido feliz. Instantes depois, Ana Maria retornou sorridente. Sentou-se e suspirou para si mesma: "Que coincidência boa". Depois de muita conversa à toa jogada fora, um silêncio. Ana Maria aproveitou a deixa para perguntar com delicadeza:

– Como vão as coisas, Mirella? Como você está se sentindo?

– Ai, nem sei ainda o que pensar. Ao mesmo tempo que sinto alívio por ver aquele terror terminado, também me incomoda um gosto amargo de derrota, sabe?

– Por que derrota?

– Porque eu investi muito nesse relacionamento, entende? Eu amei muito esse cara e eu achava que a gente tinha uma família de verdade. Agora eu não tenho mais nada. De novo.

– Nossa, Mirella, acho que você está deixando de ver um monte de coisa importante. Primeira: você e o Daniel são uma família. Segunda: você construiu um relacionamento que deu certo, tanto que você tem um filho lindo, só que ele não era eterno, como quase todos os relacionamentos. Terceira: você ainda pode formar outra família, mais bonita ainda. Você já tinha pensado nisso?

– Bom, você tem toda a razão, claro. Mas todas essas suas idéias são resultado de um raciocínio, têm uma lógica e tal. E quem disse que meu coração entende isso?

– Claro, desculpe-me. Não estou querendo dizer que você não pode sentir o que sente. Se fosse fácil assim... – o olhar de Ana Maria ficou perdido, distante, quase ausente. Sua própria dor mostrando toda a justeza do que dizia Mirella. Sentiu cansaço.

Mirella não deixou de notar o ar triste de Ana Maria.

– Aninha... – chamou, suave. Ana Maria estremeceu: "Rita me chamava assim". – Você estava com o olhar perdido, o que acontece?

Ana Maria não contava com essa abordagem doce, justamente agora em que se sentia tão frágil. Quase deixou sair toda a verdade, mas recobrou o senso a tempo. Se saiu bem, entretanto, com meia verdade:

– Sabe o que é, Mirella? Eu acabei de me mudar de casa e fico assim, meio melancólica quando eu mudo, fico mais sensível. Eu sou muito metódica, me sinto meio deprimida quando estou em transição.

– Você se mudou quando? Ninguém na escola estava sabendo disso.

– Eu mudei no final de semana passado. Quer dizer, na verdade ainda estou mudando, mas já saí da casa onde morava. Estou num hotel, enquanto procuro um apartamento para mim.

– Aconteceu algum problema?

– Não, nada demais – disfarçou Ana Maria, quase engasgando. – Minha amiga, com quem eu dividia a casa, vai se mudar e eu não queria ficar lá sozinha, nem queria dividir meu espaço agora – mentiu com alguma vergonha.

– Se você precisar de alguma ajuda – Mirella ofereceu, carinhosamente –, sabe que pode contar comigo, né?

– Obrigada, é bom saber.

Mirella olhou distraidamente para o relógio. Levou um susto, o tempo voara. Foi se levantando, enquanto falava com Ana Maria:

– Nossa, olha o horário! Estamos quase nos atrasando, olha só a fila para pagar!

– Puxa, vamos lá, não podemos nos atrasar.

Durante toda aquela tarde, Mirella e Ana Maria compartilharam, sem saber, uma mistura de sentimentos ambivalentes. Em meio à tristeza em que estavam imersas, surgiram pequenas brechas de alívio, um pouco de alegria. Nenhuma das duas soube identificar o que acontecera de diferente, mas na verdade não se preocuparam muito em querer saber.

Na manhã de sábado, encontraram-se à porta do salão em que o *workshop* acontecia sem terem marcado nada. Naturalmente, a primeira a chegar aguardou a outra. Sentaram-se juntas, também naturalmente. As palestras foram muito boas, elas nem sentiram o tempo passar. Então houve o almoço. E foi depois deste almoço que aconteceu quase um desastre.

Ana Maria encontrou uma colega da faculdade, começaram a conversar animadamente. Mirella pediu licença e foi ao toalete para se recompor, refazer a maquiagem rapidamente, escovar os dentes, essas coisas. O banheiro feminino estava lotado, parecia que todas as mulheres presentes tiveram a mesma brilhante idéia. E ao mesmo tempo, claro. Como Mirella conhecia o prédio, resolveu ir ao toalete do andar de cima. Ela preferiu subir pelas escadas, evitando o congestionamento do elevador. No corredor, meio escuro e deserto, foi caminhando lentamente, o salto de seus sapatos marcando o ritmo de seus passos com um forte eco. De repente, um vulto e um enorme susto.

De braços abertos, com as mãos espalmadas contra as paredes e impedindo sua passagem. Mirella não podia acreditar: João Marcos. Mirella parou, tentando ganhar tempo e pensar qual melhor maneira de agir.

– Oi, Mirella. Tudo bem?

– Tudo bem, João. – Mirella sentia todo o seu corpo tremendo, um medo quase infantil. Com um gesto, demonstrou a intenção de continuar seu trajeto.

– Você está com pressa? – ele cortou sua passagem. Vamos conversar um pouco?

Mirella ficou totalmente sem jeito. Pressentiu que João Marcos estava alcoolizado, mas não tinha muita certeza. Começou a se sentir agoniada, em pânico. Tentou se livrar da situação.

– Estou com pressa, sim. Aqui não é lugar para a gente conversar.

– Ah, que pena. E qual é o lugar para a gente conversar? Você não me atende mais. O que você está pensando? Acha que pode fazer a empregada falar comigo no seu lugar até quando?

A voz pastosa, o olhar meio ensandecido. "Tá bêbado, que saco. Que saco!"

– Não é nada disso, João. A gente vai conversar, mas eu ainda preciso de um tempo. Agora não dá, ainda não dá.

– Eu sinto saudades de você. Volta para mim, Mirella. Eu te amo – a voz de João Marcos saiu súplice. Mirella quase teve pena ao vê-lo assim tão patético, perdido.

– Se você me ama realmente, vai entender que eu preciso de um tempo. Depois a gente se fala – Mirella tentou prosseguir, mas João Marcos deu um passo largo e impediu-lhe a passagem mais uma vez.

– Deixa eu passar, João – Mirella mostrou-se irritada. – Sai da minha frente.

– Você não gosta mais da minha companhia? Já deve ter encontrado outro cara mais rico que eu, só pode ser isso. Ou ele te come melhor, hein?

– Pára com isso, João. – O coração de Mirella estava aos saltos. Ela sabia que ele tinha passado mais uma vez dos limites. Agora sentia um frio gelando sua espinha, o medo de não saber até onde ele podia chegar. Todo o pânico a tomava novamente. Terror. – Você sabe que não é nada disso!

João Marcos olhou-a dos pés à cabeça, medindo-a com desdém. Num gesto brusco, avançou para ela. O rosto dele estava muito perto do rosto de Mirella, que agora podia sentir o cheiro forte de álcool no hálito quente. O pior não era o corpo impedindo a passagem, a força bruta. O pior, o que a assustava de verdade, era aquele olhar transtornado. João Marcos olhava fixamente para a boca de Mirella enquanto falava.

– Então me dá um beijo para eu saber que você ainda gosta um pouco de mim, vai?

Tomada de surpresa, Mirella recuou, mas ele a abraçou com força, prendendo as mãos dela junto ao corpo. Sua boca tentou tomar a boca de Mirella, enquanto ele colava seu corpo no dela, empurrando-a em direção à parede. Mirella tentava virar a cara, sufocando, aflita. João Marcos tentava beijá-la na marra, forçando os lábios dela com a língua, enquanto a prendia contra a parede.

Mirella é uma mulher alta e forte, mas seu nervosismo deixava seu corpo mole, frouxo. Mesmo assim, reagiu, virando-se de um lado para outro, tentando soltar seus braços, desesperada.

João Marcos fechou a boca de Mirella com sua boca. Com uma mão, segurou as duas mãos dela por trás do corpo. Ele é pouco mais forte que ela, mas quando estava alucinado daquele jeito sua força se multiplicava. Alucinado. Cada vez que ela fazia força para soltar-se, ele torcia os braços dela com violência. João Marcos passava a língua pelo pescoço de Mirella e, com a mão livre, pegava os seios dela por cima da blusa numa carícia bruta. Desceu a mão e forçou para passá-la entre as pernas de sua ex-mulher. Mirella esperneava, debatia-se, mas sentia-se prisioneira. Ele passava a mão nela, abrindo-lhe as pernas e forçando os dedos para cima, procurando uma entrada como se fosse penetrá-la com roupa e tudo.

Mirella começou a chorar, enojada e exausta. João Marcos subitamente parou e a soltou. Como se despertasse de um transe, começou a chorar baixinho pedindo desculpas.

– Meu Deus, o que eu fiz... você vai me odiar agora – chorava como uma criança, desconsolado. – Me desculpa, Mirella. Desculpa.

– Você precisa se tratar, João. Isso não é normal. Pense no seu filho – Mirella foi se afastando rapidamente –, pense no Daniel pelo menos!

Mirella largou João Marcos arrasado no corredor. Correu até o banheiro sem olhar para trás. Trancou-se no toalete. Não conseguia parar de chorar. Mesmo separados, ele conseguira, fizera acontecer de novo. Dessa vez, João Marcos precisara de menos de cinco minutos para destroçá-la novamente.

Ela perdeu as contas de quanto tempo ficou ali, encolhida. O choro cessara havia muito, só aquele soluço persistia. O ódio seco. O coração ressecado. Os instantes em que aquele silêncio se agigantava dentro dela foram os piores. Era como se fosse possível cair duas vezes no mesmo precipício.

Uma voz terna, doce, despertou-a daquele pesadelo. Ana Maria chamando carinhosamente, à procura.

– Mirella, você está aí? O *workshop* vai recomeçar.

O alívio de não estar mais só se misturando com uma vergonha sem nome. Um esforço imenso para construir o disfarce. De dentro da cabine do banheiro, Mirella murmurava alguma desculpa por trás da porta. Na verdade, temia que Ana Maria fosse embora sem ela, por isso preferiu se arriscar.

– Estou aqui, Ana, já estou saindo.

– Está tudo bem? Você subiu há tanto tempo, fiquei preocupada.

– Estou bem, tive uma indisposição passageira.

– Vou esperar você para descer, então. Precisa de alguma coisa? Algum remédio?

– Não, nada, já estou bem. Só um instantinho, que já saio.

Respirou fundo, ajeitou suas roupas o melhor que pôde. Procurou acertar os cabelos, recompor o rosto. Quando abriu a porta, não teve coragem de olhar para Ana Maria, que se ajeitava diante do espelho toda faceira.

– Vamos?

Quando Ana Maria se virou para olhá-la, teve um choque.

– Meu Deus, Mirella, o que houve com você?

Sem coragem para mentir mais, Mirella abraçou-se a Ana Maria, que a enlaçou carinhosamente. Aos soluços, Mirella se deixou ficar aninhada nos braços da amiga, chorando baixinho por um bom tempo. Ana Maria teve toda a paciência do mundo. Ajeitando os cabelos de Mirella, fazia-lhe um carinho bom e reconfortante. Quando o choro cessou, ajudou Mirella a enxugar as lágrimas, a se ajeitar melhor.

– Quer me contar o que houve?

Controlando-se muito, contou a Ana Maria sobre a "visita-surpresa" que João Marcos lhe fizera. Falou daquele olhar alucinado. Falou do medo que sentiu. Ou reviveu.

– Você precisava ver, Aninha. O olhar dele fica muito esquisito, dá medo.

– Mirella, você precisa denunciar esse cara! Ele podia ter te machucado!

– Foi horrível, mas ele não me faria mal de verdade.

– Quer que eu te acompanhe à delegacia?

– Você está louca? Não vou à delegacia coisa nenhuma! Primeiro que não aconteceu nada, depois aqueles caras vão me tratar ainda pior, você sabe disso!

– Podemos ir à Delegacia da Mulher. Lá você vai ser bem tratada. Ele está enlouquecido, pode te fazer alguma coisa muito ruim.

– Ana, você não está entendendo. Eu não vou denunciar o João. Ele é pai do meu filho!

– E é justamente com isso que ele conta, Mirella. Se ele sentir que você fica acuada, que não faz nada, cada vez vai se sentir mais seguro para te procurar e agredir. Quem cala...

– Ele não faz de propósito, ele está doente.

– Ótimo, você já me convenceu de que seu ex-marido é um bom menino – Ana Maria foi irônica. – Sendo assim, você precisa dar essa lição nele. Sua denúncia não é um ato de raiva, é pedagógica. Ele vai perceber que precisa de tratamento, que está passando dos limites. Protegendo-o, você só torna as coisas ainda mais difíceis para ele – concedeu.

– Ana, eu sei que você está certa. Sei que é minha obrigação tomar uma atitude mais drástica, ele não tem direito de me acuar assim. Mas eu não estou podendo, entende? Não estou conseguindo me expor desse jeito...

Ambas ficaram num silêncio sofrido. Mirella, abraçada à amiga e com a cabeça apoiada em seu ombro, começava a se sentir melhor. Ana Maria ponderava que o momento era de muita dor, Mirella tinha razão também em não querer se expor mais. "Meu Deus, que situação difícil. O que eu faria se fosse ela? O que eu posso fazer por ela?" Subitamente, Mirella explodiu:

– Droga! Estou me sentindo uma babaca!

– Epa, espera aí. Também não é para você se sentir assim, poxa! Olha, você quer mesmo voltar para o *workshop*? Se você preferir, podemos sair para conversar mais um pouco.

– Não estou com cabeça para enfrentar mais palestras agora. Vamos tomar um café?

Ana Maria foi amparando Mirella, desvelando-se em gestos carinhosos, superprotetores. Saíram do prédio e entraram em um café bem ao lado. Acomodadas as duas, a conversa continuou cautelosa, cheia de medidas. O garçom colocou duas xícaras de café sobre a mesa. Ambas encontraram refúgio no vapor quente que subia acima das suas cabeças, espalhando um aroma forte e revigorante.

– Aninha, falando sério: estou me sentindo uma merda.

Ana Maria novamente se surpreendeu com a retomada precisa do assunto, no ponto exato em que haviam parado a conversa cinco, dez minutos atrás.

– A surpresa de hoje te deixou bem mal, né?

– Me deixou arrasada, se você quer mesmo saber. Mas não é só isso. Na verdade, eu acho que você tem toda a razão, eu devia tomar alguma atitude para assustar o João, mas vou ser muito franca: não está dando!

– Ô, Mirella, você está sendo exigente demais com você mesma. Tenha paciência, você está passando por momentos muito duros, não tem de ser a fortona, tem?

– Não, não tenho. Mas o que está me incomodando de verdade é perceber que eu demorei demais para tomar uma atitude, deixei a situação ficar insustentável, ultrapassei muito o meu limite. Estou com receio de estar repetindo o erro...

– Acho que fui eu que te deixei assim, né? Desculpa? A última coisa de que você precisa agora é se sentir pressionada... Estou me sentindo culpada.

– Deixa de bobagem, Aninha. Não precisa se sentir culpada. Você não fez nada demais, eu sei que está me ajudando e falando as coisas que eu preciso ouvir. A questão é que a sua urgência em me fazer tomar uma atitude me fez perceber o quanto eu protelo, o quanto eu me enredo nas minhas próprias armadilhas. Está sendo doloroso, não vou negar, mas estou vendo que tenho muita coisa para mudar na minha vida. Muita coisa!

Diante daquela demonstração de lucidez, Ana Maria quedou-se admirada. Conhecia Mirella havia cinco anos ou mais, mas só agora se dava conta de que eram perfeitas estranhas convivendo no mesmo ambiente. Até então via Mirella como uma mulher imatura, apesar de muito inteligente, nada muito além da imagem da professorinha popular, quase fútil, que fazia tremendo sucesso com os alunos, mas parecia pairar sempre à superfície, como se navegasse numa casca de noz. Estava, como se via, completamente equivocada. E então percebeu o quanto podem ser vis os julgamentos levianos.

Deu-se conta também de que as palavras de Mirella serviam perfeitamente para ela própria, que precisava reformular toda a sua vida. Para já, para ontem. A começar pelo seu segredo, que abria abismos quase intransponíveis na sua vida.

Em muito pouco tempo, um desses abismos abriu-se bem debaixo de seu nariz.

4

– Então está combinado. A gente se encontra às nove no Farol, janta, faz uma horinha e depois sai para dançar. Quero dançar até de manhã, hein?

– Vixe, Ana, vou ter de reabastecer meu estoque de guaraná, você está com a corda toda, ai, ai – brincou Luísa.

– Credo, mulher, tá velha? A Laninha vai com a gente?

– Vai, sim. Você falou com a Neila e com a Margarete?

– Elas vão. É aniversário de casamento, as duas comemoram seis anos juntas – respondeu Ana Maria. – Putz, você reparou que vou segurar vela, né? Só eu de *avulsa* nesse bando de mulheres.

– Olha, eu estive falando com a Laninha, a gente tem umas amigas solteiras bem legais para te apresentar, quem sabe você não se enturma para fazer programas diferentes, o que você acha?

– Ai, Lu, vai ser difícil me readaptar à vida de solteira. Por outro lado, não sei se estou a fim de procurar alguém, começar tudo de novo – choramingou Ana Maria, sem esconder sua impaciência.

– Ih, Ana, tenha paciência que todo recomeço é assim mesmo. Daqui a pouco você vai estar muito mais feliz, dando muita risada de tudo isso – interveio Luísa, que tinha poucos dedos para lidar com a dor alheia.

– É, vou sim, tenho certeza. A gente se vê à noite.

Ana Maria desligou o telefone. Estava triste, sentindo aquele cansaço de quem não queria refazer suas trilhas no mundo – amores, amizades, escolhas. Sair com as amigas para dançar e namorar era um programa mais raro ultimamente, quase todas já sentiam aquela preguiça fundamental das pessoas casadas. Mas, assim que souberam do desastre amoroso de Ana Maria, ofereceram-se prontamente para acompanhá-la na maratona noturna dos velhos tempos.

Ana Maria pensou no ambiente da danceteria: luzes, ostentação, caçada e fuga. Não, ela queria mesmo era só dançar, se distrair. "Beijar outra mulher, agora, nem pensar." Tinha impressão de que qualquer mulher que tentasse se aproximar agora levaria choque, de tão indisponível que estava. "Mas nem a k.d.lang!", pensou sorrindo, já com alguma dúvida. "Bom, a k.d. pode ser uma exceção, vá lá."

Com um tédio insuportável se apegando a ela, começou a se movimentar, fazer coisas. Fazer muito para pensar pouco. Procurar apartamento, levar o carro para lavar, buscar a roupa na lavanderia, enfim, uma lista de tarefas para preencher o sábado. Enquanto estava se arrumando para sair, surpreendeu-se com o pensamento em Mirella.

Desde o episódio do *workshop*, no fim de semana anterior, não tinham conversado com calma. A semana de trabalho tinha sido bem pesada para ambas. Mirella estava envolvida com a organização da festa junina do colégio, evento tradicional e muito aguardado em toda a região. Ana Maria, por sua vez, tivera uma série de situações extremamente delicadas com que lidar. Sua função de coordenadora pedagógica a colocava diante de impasses e decisões difíceis, como a do que fazer com o aluno apanhado em flagrante portando uma arma branca na escola, ou a dolorosa conversa com os pais de uma garota viciada em drogas injetáveis e já portadora do vírus da aids.

Às vezes essas situações muito difíceis do trabalho deixavam Ana Maria exausta, pesada, irritadiça. Nesta última semana, porém, as coisas se passaram de modo um pouco diverso. Primeiro porque não havia mais Rita para ajudá-la a suportar essas tensões, o que talvez tenha feito Ana Maria se proteger um pouco mais. E também porque deparar com a crueza dos problemas alheios a fez relativizar a dor que vinha sentindo. "Até dá para entender por que os dramalhões mexicanos fazem tanto sucesso", constatou.

Voltou a pensar em Mirella. Pensou que poderia lhe sugerir uma terapia, o que ela própria já estava procurando para si. Também pensou em lhe dizer que ela fosse se fortalecendo aos poucos, sem se apressar – cada pessoa tem seu tempo e seu jeito. Além da terapia, podia procurar um grupo de ajuda para mulheres, por exemplo. Só depois de se sentir realmente forte é que ela devia encarar um possível confronto com o ex-marido. "Agora é bobagem, ela tem toda a razão. Fragilizada assim não será páreo para a loucura dele."

Cuidar de si era uma grande lição que estava aprendendo a duras penas. Ela, que sempre se flagrou amparando, ajudando, cuidando de alguém, de repente se via embaraçada com a tarefa de cuidar de si. "Mas estou dando conta, Mirella, você também vai dar." Depois ficou ensimesmada, pensando se não exagerava. "Bem possível."

Na verdade, desejava mesmo era contar a Mirella que aquela breve conversa tinha tido o efeito de uma avalanche em sua vida. "Quero contar para Mirella que ela me fez pensar em muita coisa e isso me pegou de surpresa", concluiu.

Curiosamente, nesse exato momento tocou o telefone: era Mirella.

– Não morre mais. Estava justamente pensando em você – falou de impulso, sem pensar.

– É mesmo? E o que você estava pensando sobre mim?

Ana Maria ficou muda, em pânico. Subitamente lhe ocorreu que não poderia falar nada daquilo para Mirella, de jeito nenhum. Mirella certamente faria um interrogatório, atenta que era, e Ana Maria não teria saída senão falar de si, contar sobre Rita. Impossível. Sem pensar direito, Ana Maria desligou o telefone para tentar ganhar tempo. Sua cabeça começou a funcionar em ritmo acelerado, tentando escapar da cilada. O telefone voltou a tocar, Ana Maria demorou para atender. O telefone insistiu, ela respirou fundo e atendeu já nos toques finais.

– Mirella?

– Eu. O que foi, caiu a linha?

– Caiu não, despencou – Ana Maria brincou meio sem jeito.

– Você dizia que estava pensando em mim, estou curiosa, pode ir falando...

– Que é isso, modo de dizer – apelou para a saída mais óbvia.

– Que pena. Eu tinha acreditado que você estava pensando em mim.

O tom jovial de Mirella não permitia a Ana Maria suspeitar de uma cantada ou coisa parecida. Manteve o tom e a troça:

– Bom, estava, por isso você me ligou. Possuo o dom de dominar telepaticamente algumas pessoas, você ainda não sabia? – Ana Maria riu. – Mas diga... por que você me ligou?

– Ah, queria saber se você já tem algum compromisso para hoje. A Lina vai dormir aqui hoje e cuidará do Dani. Eu combinei com uma amiga de ir a um barzinho novo que abriu em Moema. Acho que é tipo *single bar*. Eu não gosto desses ambientes de caça, mas ela quer muito ir e eu estou precisando me distrair um pouco, a semana foi puxada. Vamos?

Ali estava ele, o abismo, definitivamente instalado. Com muita relutância, Ana Maria declinou do convite. Uma mentira delicada – "Vou jantar com amigas, que pena!" –, ou uma meia verdade covarde? Ana Maria queria muito estar com Mirella, mas como desmontar toda a operação de guerra armada para esta noite? Impossível. Nem ao menos podia convidá-la para ir ao Farol, pois não teria coragem de apresentar suas amigas lésbicas a Mirella. O que Mirella poderia pensar? "Ela só pode pensar que eu sou lésbica, óbvio." Nenhum mal haveria, se Mirella não fosse sua colega de trabalho. O trabalho, esse era o xis da questão.

Havia outra questão, porém, mas dessa Ana Maria não ousara se aproximar. E se Mirella sumisse depois de saber? E se ela sumisse? E se?

Um dia que prometia se arrastar agora parecia em plena agonia. Melhor seria eliminá-lo logo do calendário. "Não é o fim do mundo, também, Ana Maria, pára de drama." E ela ainda pensou que as coisas estavam tão ruins que não dava para piorar. Mas se ela soubesse o que a esperava naquela noite...

Mirella, do outro lado da linha, desligou o telefone um tanto chateada. Ficou com a sensação de que Ana Maria escondia algo, não sabia se pelo tom de voz ou se pela maneira apressada com que recusara o convite. Mirella ficou triste, sentiu-se rejeitada. Queria tanto dizer a Ana Maria o quanto ela tinha sido importante naquele sábado desastroso do *workshop*. E o quanto suas palavras estavam fazendo efeito. Até agora.

Mirella passara a semana toda pensando, lembrando. Sempre havia, em sua vida, algum episódio em que lidara com as coisas assim, suportando muito mais do que seria tolerável, passando dos limites, carregando o mundo nas costas. Fizera isso no casamento, o exemplo sem dúvida mais dramático, mas houve outros também. Graças a Ana Maria descobrira que precisava se enxergar, situar-se na vida, conhecer seus limites. Só assim poderia pensar em se autorizar a ser uma mulher com desejo, com vida própria, com ar para respirar.

Ainda triste, foi preparar o Dani para a festa de aniversário de um amiguinho, logo mais à tarde. Queria estar o mais possível com ele, que estava passando por momentos de rebeldia alternados com um desespero de dar dó. Menino muito sensível, o Daniel. "Só vou respirar melhor mesmo quando ele estiver mais tranqüilo." O dia despertara com uma brisa de alegria, mas agora se espessava em uma dor de chumbo. Ainda bem que sairia esta noite, precisava fazer de conta, esquecer. Respirar.

Noite alta. Ana Maria e suas amigas foram ao Café Vermont, casa noturna que abrira no Itaim, bairro paulistano que se destacava pela badalação noturna. Ana Maria não denotava a tristeza em que se encontrava, achava desagradável sair com as amigas e ficar se lamuriando, de cara feia. Ergueu sem dificuldade uma fachada de descontração e animou a roda com graças e piadas, muitas sobre si mesma. Costumava pensar que manter a capacidade de rir dela mesma era sinal de vida. Perder o senso de humor seria a maior desgraça. Isso tinha preço e risco, mas Ana Maria preferia assim.

– Vamos dançar, gente? – convidou, quando a conversa parou de fluir naturalmente.

– Vamos, Ana. Cansei de ficar sentada – animou-se Luísa.

Laninha e Margarete ficaram conversando à mesa, Neila acompanhou as outras até a pista. No meio do frenesi das luzes estroboscópicas, do escuro azul-avermelhado, no ritmo forte da música *dance*, Ana Maria soltava o corpo e dançava. Soltava seus bichos. Animava-se ao ser paquerada, mas era vaidade que não chegava a empolgar.

Fumaça de gelo seco azulada, atmosfera de sonho. Ana Maria girava, entontecia. Percebeu Luísa aproximando-se aflita, mas disfarçando descontração. Chamou-a para ir ao bar, puxando Ana Maria com alguma insistência. Talvez tenha sido um olhar de Luísa que escapara para mais além, talvez por algum gesto inconsciente dela. O fato é que Ana Maria, atenta, virou-se lentamente e à procura: Rita beijava outra mulher. Pesadelo.

A cena que se desenrolou diante de uma Ana Maria paralisada era quase igual a outra, de cinco anos atrás. Mais do que o beijo, a repetição era que doía fundo, cortando a alma. "Meu Deus, ela está fazendo tudo igual. Igualzinho. Então era tudo forjado, falso do início ao fim", exagerou Ana Maria em desespero. Daquele dia perdido no seu passado, lembrava-se da grande emoção de ser única, especial:

Uma jovem morena, com seus 25 anos, se aproxima e se mostra. Joga charme, dança, envolve. "Ela está me olhando", pressente Ana Maria. O olhar sedutor, cheio de promessa de prazer, a envolve numa atração quase irresistível. Resolve sustentar o olhar, desafia. A jovem corresponde, sorriso sensual. Aproxima-se lentamente, certificando-se de que é bem-vinda. Fala ao ouvido, provoca.

– Você é linda, estou apaixonada.

– Nem sei quem você é – retruca Ana Maria com malícia.

– Então vem aqui que eu vou me apresentar – rápida no gatilho, a jovem pega a mão de Ana Maria e a conduz até um canto mais afastado da boate. Agilmente, prende Ana Maria entre seus braços e a parede. Ousa. Beijo alucinante. Ana Maria surpreende-se ao ceder ao tesão imediatamente. Línguas se enroscando avidamente, lábios quentes e molhados, mordiscadas e arrepios. Como um vulcão às avessas, Ana Maria sente o calor percorrendo seu corpo de norte a sul, parando entre suas pernas trêmulas. Língua na orelha e no pescoço, rosto no cabelo. Louca de tesão. Um selinho e um sorriso safado.

– Prazer, eu sou Rita.

– O prazer é todo meu – entrega-se Ana Maria, puxando a jovem para si em busca de mais fogo.

As mãos de Ana Maria enfiando-se por entre os cabelos de Rita, acariciando-lhe a nuca. Suspiros e gemidos. Os braços de Rita apoiados na parede ainda prendem Ana Maria, que estremece toda quando sente aquele corpo maravilhoso encostar-se todo no seu. Gemidos.

– Vamos para algum lugar mais... – a palavra falta, mas é desnecessária.

– Agora mesmo.

No quarto do motel mais próximo, mais surpresas. Ao fechar a porta, Rita agarra Ana Maria com ímpeto. Empurrando-a rapidamente, joga-a na cama e beija-lhe a boca com desejo. Mãos ávidas percorrem o corpo de Ana Maria por cima da camisa, já abrindo os botões, enquanto lábios e línguas se devoram. Gemidos. Ana Maria está entregue, louca. As mãos de Rita continuam seus gestos rápidos, quase brutos. Agarra os seios com firmeza, massageando-os com força, fazendo Ana Maria delirar. Tira-os do sutiã e suga-os avidamente.

A língua segue pela barriga, as mãos desabotoando apressadamente a calça, que é praticamente arrancada e jogada longe. A boca brinca com os pêlos que despontam da calcinha. Os dentes apertam com suavidade o monte de Vênus, enquanto Ana Maria ergue os quadris, oferecendo-se inteira, querendo mais. Os dedos de Rita massageando com firmeza o clitóris de Ana Maria, a outra mão brincando com os seios duros, a calcinha ficando molhada e quente. Rita pressiona seus dedos na entrada da xoxota de Ana Maria, fazendo-os entrar um pouquinho. Ana Maria geme e procura tirar a calcinha. Rita segura sua mão com força, impedindo. É com os dentes que arranca o último obstáculo, enquanto vai tirando sua própria roupa.

Rita deita seu corpo sobre o de Ana Maria, as coxas encaixadas, os pêlos se esfregando freneticamente. Ana Maria grita, geme, mexe como louca. Rita acompanha, induz, detona. O beijo na boca, o ritmo alucinado, o gozo. Corpo largado, exaurido. Aplacado.

– Rita Melo, ao seu dispor.

– Ana Maria Veiga Fellicci, sua escrava sexual – brinca Ana Maria, relaxada e feliz.

– Você me deixou completamente louca, gata. Nunca senti tanto tesão na minha vida.

Luísa puxou Ana Maria pelo braço:

– Vamos sair daqui, vem.

Ana Maria está paralisada, olhos arregalados, rosto molhado. Tudo falso, tudo igual. "Ela deve falar a mesma coisa para todas, que cafajeste. Canalha."

– Vem, Ana, vai ficar aqui fazendo o quê? Vamos embora agora.

O tom incisivo, quase uma ordem, venceu a resistência e o corpo foi em silêncio, arrastando-se, pouco revelando do tumulto em que estava a alma de Ana Maria. "Um relacionamento que não existiu, uma farsa do começo ao fim. Vivi cinco anos de mentiras", concluiu desesperançada.

Foi então que aquele vazio imenso se alojou nela, como nunca antes pensara ser possível.

5

Mirella acordou com o barulho do telefone tocando. Abriu o olho com dificuldade, o sono ainda insistindo em pesar-lhe nas pálpebras. O barulho irritante forçou uma atitude mais rápida, fazendo-a se apressar para interromper a fonte do desconforto. Agarrou o telefone com raiva, gesto brusco, voz pastosa:

– Alô?

– Mirella, é a Isabella. Por que você demorou tanto para atender? Ainda dormindo, aposto!

– Isabella? Que horas são? O que você quer tão cedo?

– Cedo? Já são quase onze horas, já está na hora de uma mãe com filho pequeno estar cuidando da vida, você não acha?

– Ai, Isabella, hoje é domingo, a Lina está cuidando do Daniel, não sabia que mãe tem de bater cartão! O que foi? Você me ligou para brigar, é isso?

– Não, Mirella, desculpe-me. Não tenho a intenção de aborrecer você, mas queria conversar um pouco, estou muito preocupada com o que você anda fazendo da sua vida, minha irmã.

– Preocupada com o que ando fazendo da minha vida? – Mirella ficou confusa, pensando que um pesadelo sucedia outro, ainda não acordara. – O que você está dizendo, Isabella? Não estou entendendo aonde você quer chegar.

– Olha, eu liguei ontem para você, passava das dez da noite e você não estava. Não sei se você anda em seu juízo perfeito, estou apreensiva. A separação tão súbita de João Marcos é um sintoma preocupante, você há de convir comigo!

– Preocupante? Isabella, minha separação pode ter parecido súbita para você, mas nossa vida andava péssima fazia anos! Demorei demais para tomar uma atitude, isso sim.

– Mirinha, você tinha tudo o que uma mulher pode querer na vida: um bom marido, fiel, honesto, companheiro. Você tinha um lar, uma família. Não era tudo o que você sempre sonhou? Um filho lindo e carinhoso, um homem bonito e trabalhador, que nunca deixou faltar nada em casa, ao contrário, encheu você de luxos e mimos que nós nunca tivemos... o que você está querendo? O que você está fazendo com você? Agora isso de sair, voltar de madrugada, dormir até tarde... estou preocupada mesmo!

– Isabella, a gente já conversou sobre isso. O João Marcos está muito diferente do que era quando nos casamos. Ele está agressivo, violento. Ele vinha bebendo muito, me agredindo...

– Você me disse que ele nunca encostou a mão em você. Como é que alguém pode agredir sem nem encostar? Não entendo.

– Ai, meu Deus, você deve estar brincando comigo, Isabella. Já te contei o que ele fazia, o Daniel está traumatizado, eu estou traumatizada, nossa vida estava um inferno. Você queria o quê? Que eu esperasse ele me espancar para tomar uma atitude?

– Mirinha, você está exagerando. Se você nunca tinha tocado nesse assunto comigo antes, não podia ser assim tão grave. De mais a mais, é obrigação sua deixar seu marido feliz. Se ele estava agressivo, provavelmente você não estava sendo uma boa esposa, a companheira certa. Homem tem muito disso, você sabe, tem de levar com jeito. O que não pode é jogar tudo para o alto. Você tinha uma família, Mirella!

Mirella respirou fundo. Lembrou-se vagamente do que Ana Maria lhe dissera – "Você e o Daniel são uma família" –, mas percebeu que isso não faria sentido para sua irmã. A vida que ambas levaram depois da morte dos pais em um acidente de carro deixou marcas profundas: o desamparo, o abandono de não terem um lar de verdade fez com que valorizassem demais o ideal de formar uma família.

Mirella pulara etapas que suas colegas de faculdade tinham vivido intensamente – namoros vários, aventuras sem compromisso, sexo como diversão, baladas. Ela fora sempre apontada como modelo pelas mães das amigas, era uma moça recatada que fizera tudo o que era esperado dela. Casara com pouco menos de vinte e cinco anos, depois de namorar e noivar por três anos. Agora, aos trinta e três anos, assustava-se ao ouvir o discurso da sua única irmã, mais nova que ela três anos: uma mulher jovem, mas com idéias tão antiquadas. Sacudiu a cabeça para espantar a idéia que a assaltara, de que a vida as tornara caretas, sérias demais, machucadas demais. Mirella sentia-se saindo de um terreno pantanoso, onde chafurdara por quase toda a sua vida, e queria todo o ar a que tinha direito. Mas não era nenhuma irresponsável, tinha consciência do exagero com que Isabella inventara essa imagem nova de mulher devassa que nunca fora. Nunca seria. Levou um choque, acabou acordando dentro de si uma indignação de que não suspeitava ser capaz, ela que sempre fora cordata, tranqüila.

– Isabella, você está dizendo que preferia me ver vivendo naquele inferno? Você está dizendo que a culpa é minha? Ou você está dizendo que estou mentindo? Não estou acreditando nisso, não é possível!

– Mirinha, deixa de fazer drama. Não estou duvidando de você, longe de mim. É que eu conversei com tia Sílvia, com tia Vera e com a Cecília, nossa prima. Todas pensam como eu, que você se precipitou, que você jogou fora sua felicidade. Você devia ter lutado, nunca ter desistido tão fácil assim.

Mirella começou a chorar com amargura, em silêncio, as lágrimas trilhando sulcos profundos que se formaram subitamente em seu rosto jovem. Sentiu uma solidão absurdamente grande apossar-se dela como um maremoto totalmente inesperado. O sal, o gosto de sangue na boca, a experiência da dor que nunca termina, os dedos crispando-se, as mãos agarrando seus próprios cabelos num desespero novo, como uma náufraga em alto-mar, ao sabor da violência das ondas que a jogavam cada vez mais longe, cada vez mais longe. O silêncio profundo.

– Mirella, você está aí? Fala alguma coisa, poxa!

Com um esforço sobre-humano, decidiu se proteger. Na verdade, tinha consciência de que não importava muito o que dissesse, para Isabella nada mais importava.

– Isabella, vocês podem ter toda a razão do mundo, mas eu não vou voltar atrás. Não peço que você aplauda minha decisão, mas pelo menos não tente me fazer sentir culpada. Proteja-me da sua mesquinharia, por favor!

Desligou o telefone sem esperar resposta. Não queria ouvir mais nada e isso era uma conquista inesperada. Fosse em outro tempo, talvez suportasse humildemente mais desatinos, se deixaria tomar pela falta de senso da irmã, das tias, da família que nunca existiu. Reconhecer seu limite e não deixar que o violassem foi uma vitória. Não fosse a tristeza, teria muito o que comemorar.

Deixou-se ficar um pouco mais na cama, jogada num mar revolto de recordações antigas, de dores velhas que nem mais aqueciam seu sangue. Sentiu que começava a se libertar lentamente de toda essa memória que enferrujava sua coragem. Pressentia a mudança que se avizinhava, sentia que estava ficando mais forte. Talvez sua separação fosse mais do que se livrar do inferno. Um rito de passagem, a descoberta de uma Mirella diferente. De repente, descobria que finalmente ousava se conhecer.

Ainda saboreando – não sem susto – essas pequenas conquistas, ouviu novamente o telefone tocando. Deixou-o tocar sem ânimo de atender. Estava certa de que era sua irmã, inconformada com sua reação tão diferente, tão nova. Sentia-se assim mesmo, diferente, renovada. O telefone tocava insistentemente. Mirella, num impulso, apanhou o fone, já com alguma irritação.

– O que você quer agora? – atendeu com raiva, áspera.

– Ahn... puxa, desculpa, Mirella, não sabia que estava atrapalhando. Ligo depois.

A surpresa da voz doce de Ana Maria desconcertou-a.

– Ana? Não desliga, por favor! Nossa, me desculpa? É que eu acabei de ter uma conversa dura com minha irmã pelo telefone e tinha certeza de que ela queria continuar me aborrecendo. Ela é sempre assim, insiste até eu não agüentar mais e ceder. Mas dessa vez eu não vou ceder, basta!

– Ah, que bom... já estava pensando que você estava com raiva de mim, levei um susto e tanto. – Ana Maria descontraiu, sentindo a tensão explodindo nas palavras de Mirella. – Quer dizer que você está botando a sua irmã na geladeira?

– Não é bem isso...

Mirella resumiu a conversa que acabara de ter com a irmã, contando um pouco do que significava para ela ter finalmente dito um "não" firme, definitivo, verdadeiro. Achava curiosa essa facilidade que tinha de contar a Ana Maria coisas tão suas, intimidades tanto tempo preservadas de outros olhares, protegidas até mesmo da própria Mirella, que agora se sentia tão diferente quanto assustada. Mas Ana Maria tinha esse dom de deixá-la à vontade, de invadir de mansinho seus segredos, de acolher sem pressa sua história, sua vida. Tudo tão novo, tudo tão inesperado.

– Muito bem, estou gostando de ver. Você está se superando, parabéns! – Ana Maria comemorou, entusiasmada. – Olha, eu ontem fiquei chateada por não ter podido sair com você. Se você não ficou com raiva de mim, quero convidá-la para sair hoje à tarde, a gente pode tomar um café, bater um papo, quem sabe até pegar um cinema, que tal? Se você quiser levar o Dani...

– Vamos, sim – Mirella respondeu com decisão, sem titubear. – O Dani vai passar a tarde de hoje com o João Marcos, a Lina aceitou ficar aqui até a hora em que ele vier buscá-lo. Não quero nem vê-lo, não estou podendo.

Mirella fizera essa concessão, menos por João Marcos, mais por Daniel, que estava ressentido pela ausência do pai. Sem ainda ter formalizado judicialmente a separação, não havia as regras de visitas e essas negociações todas que uma separação envolve. Mirella sentia-se, ainda, apenas fugindo do inferno, apenas querendo estar longe de tudo o que João Marcos representava. "Vou ter de criar coragem logo e propor a ele nossa separação legal, mas... ai, que medo que ainda me dá só de pensar em falar com ele!" Mirella achava que ainda precisaria de tempo para conseguir falar com ele novamente, mas sabia que não dava para adiar toda a sua vida indefinidamente. Por medo, não.

Depois do cinema, na mesa do Viena do Conjunto Nacional, Ana Maria e Mirella conversavam animadamente. Mirella tomava um suco, Ana Maria devorava uma torta *mousse* de chocolate, pouco se importando com o excesso de peso que a fizera perder algumas roupas favoritas. Pensava que tinha direito a umas poucas compensações. Essa tendência para engordar sempre a torturava, fazia exercícios, dietas, controlava-se com muita disciplina. Agora, porém, que passava por tanta complicação na vida, preferia o prazer imediato, a satisfação dos sentidos. A estética que se danasse.

– Como foi o jantar ontem? – Mirella perguntou de repente, sem esconder muito que ficara ligeiramente ressentida.

Ana Maria sentiu a terra tremendo e rachando sob seus pés, uma cratera imensa devorando o espaço e sua calma. A lembrança de Rita na boate, o choque, a dor. E a solidão de não poder compartilhar sua tristeza. De repente, Mirella parecia longe, cada vez mais distante, carregada pela fúria de um abismo gigante que se rasgava entre elas. Ana Maria tinha a sensação de que precisaria gritar para ser ouvida por Mirella, tão forte e real era a sensação de um terremoto sacudindo-a. Com sua habitual serenidade, entretanto, contornou a situação, preservando a mentira intragável e o segredo.

– Foi tudo ótimo, minhas amigas são muito engraçadas, nos divertimos para valer – exagerou bastante, quem sabe assim ela própria acreditava. – E você, como foi no barzinho? Arrumou algum pretendente? – falou sorrindo, mas seu coração se apertou na expectativa da resposta. Sentiu-se estranhamente ansiosa.

– Ah, foi tudo bem – respondeu de imediato Mirella. Depois de alguns segundos, teve um súbito ataque de sinceridade. – Foi muito esquisito, para falar a verdade.

– Ué, por que esquisito?

– Bom, vou te contar, mas não vai me julgar mal, hein?

– Nossa, quanto mistério. Conta logo, vai – Ana Maria pressentiu que a história não lhe agradaria, mas, aguçada a curiosidade, não podia mais retroceder. – Quem sou eu para julgar você...

– O ambiente nesse tipo de bar é muito esquisito. Você já foi a um *single bar*?

– Nunca fui e, para falar a verdade, mal sei o que é um *single bar*.

– Mas dá para imaginar o que rola num ambiente com essa, digamos, classificação, não? Um bar para solteiros é lugar de azaração, de caça. Os homens-predadores vão em busca de suas presas, que se preparam para o sublime momento de serem escolhidas e abatidas.

Ana Maria foi sentindo seu coração cada vez mais apertado, uma sensação de estar sufocando, de estar à deriva. Ouvia Mirella contar sobre a aventura no barzinho com um mal-estar inesperado, sem razão nem senso. "O que está acontecendo comigo?" Mirella prosseguia em seu relato:

– A Carla, minha amiga da faculdade, queria muito ir a esse bar especificamente, pois lá tinha conhecido um gostosão com quem teve um casinho rápido, mas o cara sumiu logo depois.

– Então quem estava à caça era ela, né?

– Bem, é verdade. Todo o mundo que vai lá vai para caçar e também ser caçado. Com ela não foi diferente. Nem comigo...

Depois de uma pequena pausa, Mirella prosseguiu:

– Logo que a gente chegou, um cara muito bonito começou a olhar com insistência para nossa mesa. Carla não viu nem sinal do seu garanhão, mas ficou atenta a todos os movimentos. Depois de uma meia hora ou quarenta minutos que estávamos lá, eu já tinha tomado uns dois drinques, me sentia meio aérea, não estou acostumada a beber. Ela me cutucou discretamente, mostrando com um gesto de cabeça o bonitão, e me disse que ele estava me paquerando. Eu levei um susto, imagina se eu podia suspeitar que alguém se interessava por mim. Quando me dei conta, o cara estava vindo para nossa mesa. Minhas pernas começaram a tremer. Depois de quase doze anos só com João Marcos, nem sabia mais como era essa coisa de flertar, de provocar... uma inexperiência total. Me senti ridícula, sabe, mas uma excitação foi me agitando, talvez pelo efeito do álcool.

Ar. Ana Maria precisava de ar. Um estado meio febril foi deixando-a trêmula, pálida, zonza. "Acho que estou ficando doente." Aparentemente, porém, mantinha-se serena, interessada na história que Mirella contava com alguma empolgação.

– E ele era mesmo bonito? – perguntou de chofre, para se certificar sabe-se lá de quê.

– Muito! Um gato, você precisava ver. E ele veio direto para nossa mesa, sentou-se ao meu lado, pedindo licença, todo gentil. Na verdade, parece que ele não combinava muito com aquele lugar. Seus gestos eram tranqüilos, sem aquela avidez da conquista. Sua voz era terna, o cara era mesmo bacana. A gente conversou um pouco, tomei mais um drinque, ele tomou mais um uísque. Fiquei meio embriagada, uma sensação boa percorrendo meu corpo todo, minha cabeça parecia estar nas nuvens, me sentia flutuando. Então ele passou o braço sobre meus ombros, assim, bem natural, como se fôssemos já íntimos. Eu não achei ruim, só estranhei quando olhei para onde Carla estava sentada e vi que seu lugar estava vazio.

– Ela foi embora e deixou você sozinha no bar?

– Não, ela resolveu me deixar sozinha com o gostosão. Hoje ela me contou que não tem vocação para segurar vela e resolveu dar uns beijinhos num garotão que ficou dando em cima dela.

– Vocês fizeram mesmo sucesso, hein? – o comentário de Ana Maria soou estranhamente ressentido. – E o que aconteceu depois?

– Bom, ele falou umas coisas bem legais no meu ouvido, eu senti um pouco de tesão e fiz uma coisa muito estranha, que nem imaginava ser capaz. Eu dei um beijo nele, assim, de repente. Tão esquisito isso de ficar meio embriagada, né?

Ana Maria achava esquisito mesmo era essa sensação de falta de ar, que se tornou um sufocamento. Um enjôo quase a fez correr dali para o banheiro, mas não queria dar bandeira, não queria falar desse sentimento inesperado que a deixava confusa, sem saber bem o que pensar. "O que é isso? Meu Deus, o que é isso que está se passando comigo?"

– E foi bom? Você gostou de beijá-lo? – um desejo mórbido de saber todos os detalhes impelia Ana Maria a perguntar, a incentivar que Mirella fosse até o final.

– Foi, foi bom. Eu fiquei excitada, sabe? Queria beijar mais e mais. O cara correspondeu, acho que ele gostou também. E depois ele pôs uma mão em meu seio, fez uma carícia leve que me deixou toda arrepiada – Mirella suspirou.

Ana Maria sentiu uma forte vertigem. Sentia o chão lhe faltando, o ar faltando, o bom senso faltando. Estranhou tudo aquilo, estranhou quando percebeu o que estava sentindo. Não estava doente. Não estava passando mal. Ficou muito confusa quando finalmente identificou o que era. E eram ciúmes. "Ana Maria, deixe de ser besta! Sentindo ciúmes de uma *hetera* que nem sabe que você existe. Que bobagem!" Mas o tumulto estava definitivamente entranhado nela.

Mirella não suspeitava que, dentro da sua amiga tranqüilamente sentada à sua frente, um vulcão despejava o seu magma fervente, derretendo a calma, transformando aquela conversa amena em tortura. Concluiu seu relato calmamente:

– Mas, ai, Ana, que coisa mais esquisita. De repente, me deu cinco minutos, sei lá, me deu um enjôo de estar ali, naquele lugar, com aquelas pessoas, fazendo uma coisa tão sem sentido. Levantei correndo, deixei o sujeito lá, como bobo, estampada na cara dele a surpresa. Corri como louca, fui para a rua como um raio, sentindo um nojo, um asco de mim e de tudo. Nem me despedi da Carla, peguei um táxi e fugi correndo. Você acha que fui boba?

Um alívio imediatamente arrancou de Ana Maria um suspiro profundo, que cortou o ar quase como um gemido. Ficou espantada com tamanha confusão de sentimentos. Ciúmes, pânico, alívio. Não dava mais para ignorar, alguma coisa muito louca começava a tomar conta dela.

Subitamente, assustou-se: o que fazer com tudo isso agora?

6

O mês de junho passara muito rápido. O começo de julho chegara com pouco frio, tempo seco de sufocar e sol inesperadamente quente para o inverno que se iniciava. No início das férias escolares, o novo convite de Mirella pegou Ana Maria de surpresa: uma viagem de fim de semana para Maresias, onde ela tem uma pequena e charmosa casa de praia. Maresias, no litoral norte de São Paulo, é um ponto de encontro de surfistas. Mar rebelde, praia bonita para descansar os olhos e a alma. Também iriam Daniel e Lina. Ana Maria seria muito bem-vinda e lhe faria companhia, Mirella ressaltara.

Ana Maria ficou enroscada num grande dilema. Seu coração suplicava que aceitasse, um ritmo louco denunciando a ansiedade, a expectativa. A razão, entretanto, pedia a ela que se protegesse, que evitasse ficar assim tão vulnerável, nas mãos de Mirella, entregue. Ana Maria temia a intimidade, propícia para despertar desejos. E também para criar armadilhas. Teria, certamente, muito mais dificuldades para preservar seu segredo, fonte de silêncios que ela não tolerava mais.

Ana Maria ainda se lembrava com amargura daquele fim de semana prolongado, no início de junho, quando o convite viera pela primeira vez. No feriado de *Corpus Christi*, Mirella a convidara para ir a Maresias. Ana Maria ficara enredada num forte desejo de acompanhar a amiga, mas havia a Parada de Orgulho Gay de São Paulo, a maior da América Latina, evento que não perderia por nada. Nem por Mirella.

A recusa foi dolorosa, especialmente pela mentira, que foi criando raízes dentro dela, crescendo como erva daninha, corroendo sua espontaneidade e sua calma. Sentia, diante de Mirella, uma vergonha cada vez maior. Mirella parecia sempre sincera, repartindo sua intimidade, contando histórias difíceis, compartilhando. Ana Maria cada vez mais fugidia, mais arisca, medrosa de tudo. Sentia que sua recusa cimentara o grande abismo entre elas, ele não mais retrocedia. Sentia-se vil e covarde, mas não sabia como fazer diferente. O trabalho, a escola, suas responsabilidades, tudo funcionava como desculpa, como escudo. Tinha medo.

Nem mesmo a alegria contagiante da Parada aplacara sua culpa. Lera nos jornais, depois, que eram 500 mil pessoas desfilando seu orgulho pela avenida Paulista, ela no meio dessa enorme massa humana, no epicentro de uma grande celebração à liberdade. Fora sozinha, porque não estava suportando a companhia de amigas bem casadas e felizes, nem podia sair com as amigas de Rita. Não agüentaria revê-la, certamente estaria com alguma vagabunda a tiracolo. Ana Maria pensava que era melhor não testar assim seus nervos, mal sabia do que seria capaz se novamente ficasse diante de uma Rita assanhada e feliz, mas com outra.

Ana Maria dera uma desculpa pouco elaborada para Mirella, falou a primeira bobagem que viera à cabeça – "Vou visitar minha mãe em Leme, estou morta de saudades, não vai dar"–, que soara falsa mais pelo pouco caso com que respondera ao convite. Depois se corroera de arrependimento, pois Mirella não precisava dessa sequidão, já havia abandono demais em sua vida. Demais. E Ana Maria mais uma vez recolhera-se ao seu silêncio feroz, sua mentira esfriando qualquer possibilidade. Como podia se dizer amiga de Mirella e nem ao menos poder compartilhar com ela o tesão e o orgulho de caminhar pela Paulista, pela Consolação, pela Praça da República misturada numa massa de meio milhão de pessoas orgulhosas e felizes. Como?

O novo convite surgia agora como uma chance de redenção. Mirella ignorara seu jeito quase grosseiro de recusar o convite anterior, tornara a chamá-la. O cabelo esvoaçando ao vento, o sol brilhando no asfalto quente da estrada, o cheiro de maresia que vinha pela janela faziam-na vibrar de contentamento. Ao mesmo tempo, uma incerteza ensombrecia vez ou outra seu semblante. Será que tomara a decisão mais certa?

Daniel e Lina vinham no banco de trás, brincando e cantando. Às vezes pediam para brincar de "vaca amarela" e o silêncio se impunha como uma tentação vencida. Mirella dirigia calada, um grande sorriso teimando em escapar-lhe vez ou outra, denunciando a trégua em que sua alma cansada se encontrava. Às vezes apontava alguma coisa mais adiante na paisagem, repartindo com Ana Maria uma informação interessante, uma curiosidade qualquer. Daniel achava graça, dizendo que a mãe perdera o jogo, provocando, zombando. Todos riam muito, a alegria pueril era contagiante.

Chegando a Maresias, Mirella foi em direção ao Sertão, região afastada da praia, mais próxima dos morros cobertos com trechos remanescentes da rica mata atlântica. A casa era linda, toda de tijolos à vista, ficava cravada no centro de um grande gramado. Possuía uma varanda confortável, era toda rodeada de plantas, entre elas os ibiscos, que formavam uma cerca viva, impedindo que olhares curiosos alcançassem a intimidade da casa.

Mirella estacionou o carro ao lado da varanda, desceu e, antes de qualquer coisa, abriu bem os braços, respirou muito fundo e sorriu, renovada. Em seguida, ela e Lina abriram as portas e janelas, arejando o ambiente. Ana Maria ajudou a descarregar o carro, levando os mantimentos para a pequena cozinha. Depois, ajudou com as malas, deixando-as provisoriamente na sala. Com cobertores e travesseiros nas mãos, perguntou um pouco sem jeito:

– Onde vou dormir?

Mirella sorriu e apontou um dos dois quartos:

– Pode colocar suas coisas ali mesmo. Se não se importa, dormiremos no mesmo quarto. Lina e Daniel dormirão no outro.

Ana Maria entrou no quarto, uma janela emoldurava uma das vistas mais deslumbrantes que já vira, com uma vegetação belíssima preenchendo o quadro e empolgando os olhos. Quando se voltou para colocar suas coisas, deu-se conta de que naquele quarto havia apenas uma cama de casal não muito grande. Estremeceu. Nunca pensara que partilhariam o mesmo leito, ficou confusa e embaraçada. Não fora seu esforço brutal em manter suas mentiras, talvez achasse que se tratava de uma oportunidade gentilmente oferecida pelas deusas. Na sua situação, entretanto, sentiu constrangimento, um quase pânico. "Meu Deus, quando ela souber de mim vai achar que eu quis me aproveitar, que eu abusei da confiança, que sou mau caráter." Um mal-estar súbito obrigou Ana Maria a sentar-se na cama, zonzeira que misturava excitação e medo, desejo e pânico. Situação delicadíssima.

Mirella logo chamou, a voz rouca fazendo Ana Maria despertar de seus excessos de purismo. Um convite para o lanche posto à mesa e uma ida à praia, o belo início de tarde chamando para ver o mar. Ana Maria afastou suas ruminações cheias de culpa. Melhor deixar as coisas acontecer naturalmente, sem criar tanta tensão, sem inventar um grande problema onde ainda havia apenas dúvida. "Depois eu vejo o que faço com isso, agora eu preciso do mar", policiou-se com inteligência.

O dia de sol quente parecia de verão. O pequeno grupo deixou-se ficar na praia até quase o final da tarde, quando uma brisa ligeira trouxe a lembrança do inverno em que estavam. Voltaram para casa de carro, aquela mistura de sal e areia arranhando a pele já um pouco queimada, a exaustão causada pela exposição à violência do mar, à inclemência do sol. Mal chegaram à casa de Mirella, a noite desabou, escura e ligeiramente fria. Um vento forte começou a agitar as árvores, aquele barulho de mar insistindo no balanço das folhagens.

Mirella desvelando-se, mãe carinhosa e atenta. Vigiou o banho de Daniel, aplacou a fome que atacara repentinamente o filho depois de uma tarde inteira sem nem se lembrar de comer. A sexta-feira ia terminando calmamente, todos felizes e cansados. Lina e Daniel foram para cama. Mirella e Ana Maria se deixaram ficar na varanda, mas a aragem fria, as nuvens que vinham detrás do morro e o breu da noite obrigaram-nas a entrar, a sucumbir também ao cansaço de um dia intenso de estrada e praia, da tensão da viagem e do prazer do mar. Ana Maria começava a preocupar-se com a situação intrincada que precisava resolver, mas a solução veio rápida como um raio: dormir antes.

– Mirella, vou deitar, estou exausta. Minha idade já não permite esses desvarios dos sentidos sem precisar logo de um sono reparador.

– Até parece que você é muito velha, está com o quê? Trinta, trinta e um anos?

– Trinta e dois, mas no corpinho de 31 – Ana Maria brincou e ambas riram da piada velha.

Mirella ficou subitamente quieta. Pensou que seus 33 anos cabiam mal na sua alma de velha, pessoa séria demais, cansada demais. Em seguida, deixou Ana Maria à vontade: "A casa é sua, Ana". Ficou um pouco mais na sala, admirando pela grande vidraça da sala a vadiagem das folhas brincando com a ventania que aumentava mais conforme crescia o escuro da noite, assobiando continuamente na sua passagem pelos desvãos da casa.

Mirella estava ensimesmada, pensativa. Ficou se lembrando da sua separação, da guinada brusca que estava dando em sua vida. Ao mesmo tempo que se sentia bem, livre e corajosa, pressentia que só tomara a atitude mais drástica por não ter mais escolha. Novamente se pegou pensando em sua capacidade imensa de passar por cima de seus próprios limites, de abrir mão de seus desejos em função dos outros. Não conseguia ver mérito em sua atitude. Talvez, se suportasse mais, tivesse continuado no mesmo inferno de mal existir.

Por outro lado, sentia um grande contentamento por estar respirando de forma diferente o ar de Maresias. Não só não se sentia sozinha, mas percebia que a companhia de Ana Maria lhe fazia tão bem que chegava a sentir-se alegre de verdade, quase feliz. Ver Daniel brincando despreocupado era também um grande alívio. Respirou fundo e deixou-se ficar mais alguns minutos saboreando o espetáculo de danças e sombras que as folhas ao vento proporcionavam. Soltou um longo e reparador suspiro.

Foi para o quarto deitar. A pequena luz de cabeceira dava-lhe a iluminação necessária, sem precisar assustar Ana Maria com um clarão inesperado invadindo seu sono. Trocou de roupa rapidamente e, quando virou-se para deitar, notou que Ana Maria dormia encolhida e voltada para a parede, muito à beira da cama, quase caindo, como se fugisse de algo que viria do centro do colchão. Não pôde deixar de sorrir ao imaginar que aquela mulher tão forte, tão decidida, parecia uma criança pequena com medo do bicho-papão. Deitou-se de costas para ela, apagou a luz e dormiu.

Ana Maria, cuja respiração regular e compassada poderia indicar um sono tranqüilo, na verdade quedava insone, assustada com a proximidade daquele corpo que agora sabia desejado, mas lhe era impossível. Continha-se para não demonstrar seu desespero, esforço inútil já que Mirella sonhava tranqüila sem suspeitar da aflição que agitava sua amiga. As horas caminharam lentas, enquanto Ana Maria ficava de olhos muito abertos, pregados na noite, no nada. No seu pânico.

O dia chegou surpreendemente brilhante, com um sol novo que não se adivinharia pela ventania da véspera. Ana Maria estava um pouco cansada, dormira pouco, ficara com os músculos doloridos do esforço noturno, na tentativa de controlar a qualquer custo os sentimentos que lhe tiraram o sossego. Foi com alívio que entreviu os primeiros raios de sol pela fresta da janela de madeira. O dia chegara, estava salva.

Saltou da cama rapidamente, trocou-se com um pudor constrangido que havia muito não sentia. Correu do quarto como quem foge do carrasco. A bela mulher com quem dividira o leito ainda ressonava tranqüilamente, sem poder intuir o estrago que causara na calma da amiga.

Depois de ajudar Lina com a preparação do café da manhã, enquanto Daniel brincava no quintal, Ana Maria sentou-se na varanda, apreciando os inúmeros pássaros que voejavam em torno da casa. A natureza ali proporcionava um *show* com inúmeras atrações: beija-flores de todas as cores, bandos de maritacas que cruzavam o céu barulhentas, um cheiro bom de mato e terra molhada que subiam conforme o sol aquecia o orvalho que restara da noite.

Respirou fundo, sentindo as narinas invadidas por uma profusão de cheiros úmidos, enquanto os olhos eram inundados de cores e formas inusitadas. "Que privilégio estar aqui, obrigada, meu Deus!" Essa era sua pequena oração, um jeito próprio de conversar com Deus.

Ouviu a voz de Mirella rouca e charmosa chamando Daniel e desejando bom-dia a todos, mais um som divino que lhe chegava aos ouvidos, misturado aos outros tantos da natureza que a entonteciam de prazer. Apesar do tormento da noite, o dia se anunciava lindo, repleto de delícias para os sentidos, o coração deixando-se ficar desarmado, até relaxado. Sentia-se inesperadamente feliz.

Enquanto tomavam o café da manhã, Mirella anunciou que iriam para uma praia um pouco mais afastada, com mar mais calmo e menos badalada.

– Ana, vamos a Toque-toque Grande? Fica a menos de dez minutos daqui, mas a diferença é enorme. A praia de Maresias é muito bonita para passear, mas além de ser perigosa para o Dani tem muita badalação, ainda mais hoje que tem campeonato de surfe lá no Canto do Moreira, fica tudo entupido de gente. Você gosta de praia mais tranqüila?

– É tudo o que eu quero, Mirella. De agitada já chega nossa vida em São Paulo.

– E aquelas crianças todas correndo e gritando quando bate o sinal do recreio... – Mirella completou, rindo do gesto que Ana Maria fez simulando tapar os ouvidos.

Depois da pequena refeição, em poucos minutos tudo foi ajeitado. Cadeiras de praia, guarda-sol, esteiras, toalhas e brinquedos do Dani estavam cuidadosamente arrumados no porta-malas do carro. Uma pequena geladeira de isopor com algumas frutas e uma garrafa de água fora colocada no banco de trás.

– Lá só há um barzinho, podemos comer peixe, camarão, tem cerveja e refrigerante, mas não gosto que o Dani fique sem frutas, sabe? Eu quero que ele mantenha alguns hábitos saudáveis mesmo em situação de exceção – dizia Mirella, sempre atenta e preocupada com o menino, alegre neste dia como havia muito ela não via.

Depois de alguns minutos rumo a São Sebastião, numa estrada sinuosa, era possível avistar aqui e ali surpreendentes rasgos de um mar muito azul, surgidos em meio a montanhas e pontilhados de pequenas ilhas. Pareciam frestas por onde se podiam avistar amostras do paraíso. Ana Maria deliciava-se com essas pequenas surpresas. Logo chegaram e constataram que o mar de Toque-toque estava sereno. Convidativo.

Depois de descarregar o carro, Ana Maria correu para a água, fria ainda, e mergulhou de uma vez, corajosamente. Parando ligeiramente agachada para manter o corpo abrigado da brisa que trazia o frio, ela se emocionava ao perceber que havia peixinhos nadando à sua volta, insolentes, destemidos. E mais: ver seus pés debaixo daquela água límpida, quase cristalina, era encantador.

O dia transcorreu calmo, o sol esquentou muito. Lina fez companhia a Daniel, que brincava de fazer castelos de areia na beira do riachinho de água doce que havia na ponta da praia. Mirella e Ana Maria subiram pela trilha, na encosta do morro, até a casinha abandonada que servia como mirante. A vista lá do alto era assustadoramente bela e comovente. Ana Maria sentia seu peito se inflando com ar puro e felicidade, a natureza ofertando aquela visão paradisíaca de enlouquecer todos os sentidos.

No início da tarde, a generosa porção de camarões e outra de peixe frito aplacaram a fome que já fazia estragos no humor de Daniel. A tarde foi mais quente que a manhã, Mirella pedia a todo instante que Lina trouxesse Daniel para a sombra, passava-lhe protetor solar, enchia-o de cuidados e atenções. O que surpreendeu Ana Maria, entretanto, é que esses cuidados eram sempre voltados para os outros. Até Lina e a própria Ana Maria se viram alvo da proteção maternal de Mirella. Porém, ela própria deixava-se ficar ao sol, não passava protetor solar, não tinha os mesmos cuidados. Isso fez Ana Maria pensar que, nesse sentido, ela e Mirella eram muito parecidas.

Ao final da tarde, a volta para Maresias ocorreu em silêncio, o cansaço se misturando com o prazer, o sal arrepiando os pêlos do corpo. Depois do jantar, Dani e Lina foram quase que imediatamente para a cama, vencidos pelo cansaço. A noite estava muito estrelada, sem vento nem nuvens, a varanda convidando para a contemplação do negrume salpintado de pontos brilhantes. Mirella colocou a cadeira de balanço voltada para o morro que crescia acima da cerca de ibiscos, Ana Maria sentou-se na rede ao lado dela, admirando os vaga-lumes, que faziam um trajeto meio louco, acendendo e apagando nos lugares mais inesperados. Um silêncio cheio de calma cobria a noite e as duas mulheres quase exaustas.

Lentamente o verde intenso, quase negro, da vegetação que cobria o morro foi se tornando brilhante, de um prateado vivo. Uma enorme lua cheia nascia por detrás do morro, derramando sua luz branca, clareando a noite como se fosse um poderoso canhão de luz despejando a sua claridade, inundando o mundo de cores novas, invadindo sombras e espaços sem pedir licença.

Mirella levantou-se de repente, apagou todas as luzes e voltou calmamente para apreciar o espetáculo, agora mais intenso sem a competição das luzes artificiais. Mirella e Ana Maria se deixaram ficar ali, inertes, silentes, contemplando a noite como uma revelação, como se a face da lua que se mostrava fosse a outra, a oculta.

Depois de muito tempo assim, tomadas por uma forte emoção e um silêncio reverente, naturalmente ambas se sentiram mais predispostas a uma conversa mais íntima, à revelação do que se ocultava pela noite da vida. Começaram a falar de seus sentimentos, do estado de espírito que a Lua evocava – de contemplação interna –, e foi Mirella quem primeiro começou a falar de si, corajosamente mostrando sua fragilidade, sua dificuldade de lidar com limites, de prestar atenção em si mesma, de adivinhar, pressentir ou identificar seus próprios desejos.

Ana Maria saboreava cada palavra que escorria lentamente naquela conversa amena, com o ritmo de ondas calmas. Aos poucos, uma ponta de angústia foi tomando conta dela, como se a culpa guardada a sete chaves quisesse aflorar toda ali, intacta. Sentiu-se mal, traindo a amiga com seu segredo, com seu silêncio preenchido por pequenas mentiras e grandes aflições. Achou que seria a pessoa mais vil do mundo se deixasse o abismo do seu silêncio rasgar aquela montanha, ensombrecer aquele luar poderoso, enganar sua amiga que se revelava por inteiro. Respirou muito fundo, buscou uma coragem lá dentro de si que julgava incapaz de ter. Fechou os olhos, com medo do que suas palavras podiam fazer no olhar de Mirella.

– Mirella, preciso te contar uma coisa muito importante. Já que a gente está nesse clima de confessionário, eu não posso mais guardar um segredo que trago comigo e me faz ficar às vezes muito distante de você.

– Nossa, Ana, o que será de tão sério? Pode falar, estou te ouvindo.

– Estou com muito medo de contar tudo a você e depois você ficar com raiva e não querer saber mais da nossa amizade, mas não posso mais esconder, isso está me fazendo sentir muito mal.

– Ai, pára de suspense, está me deixando nervosa. Conta logo!

– Mirella, eu... é que... ahn...

– Ana, peloamordedeus, fala, mulher!

– É que eu... bom, lá vai: Mirella, eu sou lésbica.

O susto cobriu o olhar de Mirella como um véu espesso, ao mesmo tempo que sua respiração ficou suspensa. Ela evitou olhar para Ana Maria, que tremia muito, como se um frio repentino gelasse seus ossos e sua alma. Ana Maria ficou muito quieta, na expectativa, angustiada. O que pensaria Mirella?

Mirella achava que estava preparada para ouvir qualquer coisa naquele momento, mas acabara de descobrir que não estava. Definitivamente, não estava.

7

Mirella jamais imaginara que ouviria algo parecido, protegida que estivera em seu castelo, ausente do mundo e presa em sua sina de Cinderela, na obrigação de ser feliz para sempre. Mirella pensara que não voltaria mais àquele lugar que tanto a confundira, mas ali estava – e novamente se sentia confusa. Ela, que nos últimos anos tivera uma vida amorosa insatisfatória e chegara a se sentir pouco atraente, ouvia agora um homem desconhecido, bonito e charmoso, dizer-lhe que não conseguia parar de pensar nela, que a procurara muitas vezes depois daquele beijo e da fuga repentina.

Mirella fora impelida por uma angústia que não a abandonava, uma necessidade de se esquivar de um sentimento novo e assustador. Voltou ao *single bar* com a missão de provar algo a si mesma, de assegurar que seu desejo estava a salvo. Mais uma estratégia de fuga. Ouvia Marcelo sussurrar palavras ternas em seu ouvido. Surpreendera-se quando, ao revê-lo, foi recebida com um carinho quase apaixonado. Impressionara-se ao sabê-lo sedutor, gentil e inteligente. E intrigava-se ao perceber que, volta e meia, era em Ana Maria que seu pensamento aportava. Pressentia Ana Maria em gestos e vozes de outras mulheres do bar, pequenos delírios. Aflição. A lembrança de Ana Maria acuada, o olhar profundo e triste. Então o remorso vinha cavar-lhe o peito. Remorso de sua covardia ter beirado a crueldade.

Um silêncio fundo perdurou até Ana Maria criar coragem, a lua cheia prateando os cachos muito negros de seus cabelos. Como se tivesse envelhecido repentinamente, o ar cansado.

– Mirella, fala alguma coisa, por favor.

Mais silêncio. Mirella não tira os olhos da montanha, mas parece nada ver. Depois, com uma voz muito baixa, fala bem devagar.

– Eu fiquei surpresa, Ana Maria, não esperava por isso.

– E faz diferença para você? Muda alguma coisa?

Uma pausa enorme, o coração disparado.

– Não sei ainda, estou confusa. Acho que tudo bem, a vida é sua. Mas...

– Mas?

– Sei lá, acho que não foi muito legal da sua parte não ter me contado antes e a gente ter dormido na mesma cama.

– Mas... Mirella, não aconteceu nada! – a voz de Ana Maria estava trêmula, amedrontada.

– Eu sei, não é isso. É que... bem, eu acho que eu tinha de ter o direito de escolher, não?

– E o que você escolheria?

– Ah, não sei – Mirella replica, com certa irritação. – Talvez eu preferisse dormir com Daniel. Ou talvez eu dormisse na sala.

Mesmo consciente de que feria Ana Maria com sua desconfiança descabida, preferia manter-se a distância, fria. Um arrepio percorrera seu corpo ao ouvir aquela revelação – "Eu sou lésbica" –, deixando Mirella assustada. Em pânico, o melhor é correr.

Mas o olhar de Ana Maria não se lhe desgrudava da lembrança. Memória viva do que, egoísta, provocara. Mirella pegou um copo com Marguerita que acabara de chegar. Respirou fundo e deu um grande gole. Fechou os olhos. Vários goles rápidos esvaziaram o copo. Mirella tentava esquecer. Pediu mais uma bebida, já entontecida. Bebeu tudo em poucos goles, apressada. Percebia a voz de Marcelo seduzindo-lhe os sentidos, deixava-se arrebatar. Sentiu-se estranha, mas correspondeu ao beijo quente. Foi se deixando envolver, uma neblina branca cobrindo-lhe a visão. Sentiu-se excitada, o álcool e o medo acelerando a adrenalina no corpo. Concedeu à loucura pela primeira vez na vida: saiu com Marcelo para um motel.

Fizeram amor pela noite adentro. A manhã encontrou Mirella exausta, mas ainda insone. Marcelo dormia profundamente. Mirella assustou-se por se ter permitido tamanha excentricidade. Jamais cedera aos impulsos dessa forma, jamais se imaginara fazendo sexo com um homem que mal acabara de conhecer. Mirella surpreendeu-se porque achou bom, um prazer intenso que havia muito não tinha. Sentiu-se desejada, apaziguada. Mirella surpreendeu-se ainda mais, entretanto, ao sentir-se vazia e sozinha. Tinha ao seu lado quase um príncipe encantado, mas seu pensamento se perdia na imagem prateada de Ana Maria. Sentia o cheiro salgado da maresia que ela lhe evocava, a tristeza daquele olhar perdido numa solidão de doer. "O que eu mais queria agora era estar com ela", assustou-se novamente Mirella, vencida. "Meu Deus, o que está acontecendo comigo? Era com Ana Maria que eu queria estar!"

Aquele domingo prometia ser longo e penoso, o último antes do retorno às aulas, no reinício do segundo semestre. Ana Maria acordara muito cedo, apesar de estar ainda cansada. A noite de sábado intensificara a sua solidão.

Desde o início das férias, depois do desastre em Maresias, Ana Maria sentia-se muito vazia. Não esperava aquela reação desconfiada de Mirella, sua auto-estima descera a níveis perigosos. Deu-se conta do vazio em que vivia desde a separação. Sentia saudades da Rita dos bons momentos, do sexo fogoso, das loucuras amorosas que tinham feito juntas. Achou dolorido seu engano em relação à Mirella. Julgava-a especial, mas pensou que amiga de verdade não se deixaria levar por uma desconfiança descabida e humilhante daquela. Sentiu-se mais sozinha desde então, como se de repente se desse conta de tudo o que perdera. Ou do que nunca tivera, o que lhe parecia ainda mais triste.

Quando Rita a visitou, naquele sábado à noite, encontrou-a frágil, um tanto deprimida. Ela tinha passado a tarde arrumando seu novo apartamento e uma nostalgia branda vinha soprando saudades em sua solidão. E mais: ao arrumar alguns livros na estante, encontrou uma flor de jasmim seca no meio de um livro de poesias que ganhara de Rita havia muito tempo. Muito tempo.

Ana Maria fecha subitamente o livro de Manuel Bandeira que Rita havia lhe dado no dia dos namorados. Olha para ela com curiosidade. Dispara.

– Como você se sente?

– Um pouco enjoada de tanto que esse trem sacode – Rita brinca de forma desajeitada. Ela sabe que Ana Maria perguntava sobre outra coisa, mas às vezes ela faz isso: finge não entender.

– Ah, sua boba, estou falando sério. O que você achou da minha família?

– Quer saber mesmo?

– Claro que quero, você sabe que isso é importante para mim.

– Adorei sua mãe. Ela é uma mulher muito simples, mas tem uma sabedoria impressionante. E como é carinhosa, me tratou superbem. Ela lida numa boa com o fato de você namorar mulheres, hein? Que máximo!

– Acho que não deve ter sido muito fácil para ela que, afinal, nasceu e foi criada em Leme, cidade bem pequena. Uma boa parte da sua vida ela morou em sítio, tinha tudo para ser ultracareta, mas não. O amor para ela está acima de tudo. Ela só quer saber se estou feliz.

– E seu pai é um doce, sempre calmo, contando piadas. Ele me disse para cuidar bem de você, que é a jóia da família. Não é muito fofo?

– Eles são realmente especiais, mas não pense que ele sempre foi assim. No início, ele não aceitava. Nós brigamos muitas vezes, cheguei a ameaçar não vir mais visitá-los, porque ele me infernizava. Daí minha mãe o enquadrou: "Se você não percebe que sua filha tem direito de amar e de viver feliz, então quem vai embora sou eu".

– Jura? E aí?

– Bom, Ritinha, você viu o resultado lá na casa deles, não? Ele entrou na linha – Ana Maria ri alto, chamando atenção dos outros passageiros. – Minha família é formada por mulheres fortes. Olha bem o que você está fazendo, viu? Olha bem onde está amarrando seu burrinho.

– Nossa, que expressão legal! Adorei.

– O que mais você descobriu sobre a "Família Trapo"? Ana Maria brinca, mas não esconde uma ponta de ansiedade.

– Eu descobri que admiro você mais do que nunca.

– É mesmo?

– Você é corajosa, eu admiro mulheres que enfrentam a vida, que não se escondem.

– Você está me deixando encabulada, pára – derrete-se Ana Maria.

– Mas eu ainda não acabei.

– Ai, meu Deus, o que será que vem por aí?

Rita abre a mão de Ana Maria e pousa delicadamente sobre ela uma flor de jasmim branca e perfumada, delicada, sensível. Olha bem dentro dos olhos de Ana Maria e sussurra:

– *Quer morar comigo?*

– *Você está me pedindo em casamento?*

– *Estou!*

– *Claro que quero!*

O trem sacode um pouco. Num impulso, Ana Maria beija os lábios de Rita. Mulher forte. Corajosa.

E que tudo o mais vá para o inferno.

Seus olhos ficaram marejados. Onde estava aquela mulher forte? Onde tinha se metido a Ana Maria ousada, que desafiava o mundo com seu jeito espontâneo e feliz?

Ana Maria sentia-se frágil, a solidão fazia um estrago grande na sua calma. Como sempre acontecia, Rita farejava a hora de dar o bote. Ela era assim, mesmo a quilômetros de distância, sabia quando tinha uma presa fácil à espera. Entregue.

O jeito sempre sedutor de Rita ajustou-se à necessidade de Ana Maria de se sentir desejada. E Rita sabia bem como quebrar-lhe as resistências, que nem eram muitas. Ligou de surpresa, convidou-se, Ana Maria ficou empolgada. Rita trouxe um jantar maravilhoso, champanhe, flores e velas aromáticas. Criou um ambiente aconchegante no apartamento ainda meio vazio, a mudança recente criando a oportunidade do encontro.

Abriram o champanhe e brindaram. Rita soube ser agradável durante toda a noite, de um bom humor contagiante. Com um sorriso permanente, contou histórias engraçadas, falou dos momentos inesquecíveis que passaram juntas. Amoleceu o coração de Ana Maria com uma ternura verdadeira. Sentindo o efeito do champanhe borbulhando seus hormônios, Ana Maria aconchegou sua cabeça no colo de Rita, entregue. Rita levou séculos brincando com seus cachos, desenrolando-os, acariciando-lhe a nuca. Ana Maria foi sentindo uma excitação crescendo por dentro dela. O cheiro do desejo de Rita subindo-lhe pelas narinas inebriava seus sentidos. Foi se soltando, olhos fechados, boca entreaberta. Rita beijou-lhe os lábios, acendendo um fogo delicioso pelo corpo de ambas.

Com gestos sensuais, movendo lentamente o quadril e insinuando-se para Rita, Ana Maria tinha pressa. Rita, porém, não se deixou levar pela urgência de Ana Maria. Acariciando-lhe os seios com carinho e sonegando-lhe o furor, aumentava a ansiedade, o desejo. Rita conhecia bem os caminhos que levavam Ana Maria à loucura e decidiu por aquele que lhe atraía mais naquele momento. Farejou o tesão da amante e prosseguiu, torturando-a com uma excitação quase incontrolável.

Ana Maria sentia-se totalmente à mercê, Rita percebeu a explosão do gozo que estava por vir. Acelerou seus movimentos, imprimindo-lhes um ritmo alucinado, frenético. Os gemidos viraram gritos, que viraram súplicas, que viraram suspiros, que viraram gozo, que virou paz.

Rita continuou acariciando o corpo de Ana Maria provocando pequenos frêmitos, o orgasmo se prolongando, se espalhando. Depois de um beijo ardente, os corpos se deixaram tombar.

Ana Maria sabia que Rita não tinha gozado. Deu-se conta, repentinamente, do quanto era difícil para Rita se entregar, relaxar, gozar. "Talvez por se dividir entre tantas, acabe não estando com nenhuma", concluiu. Sentiu pena e raiva. Estava sozinha.

O celular tocou. Ana Maria espantou-se que Rita não o tivesse desligado. Surpreendeu-se ainda mais ao perceber que ela tinha a intenção de atender ao chamado. Irritou-se e Rita percebeu, disfarçando. Desligou o aparelho, mas procurou saber discretamente de quem partira a ligação. Ana Maria pressentiu o abandono, fechou-se. Poucos minutos depois, Rita já estava se despedindo, alegando qualquer bobagem ou compromisso improvável. Ana Maria nem se deu ao trabalho de mostrar que sabia que, em seguida, Rita estaria com outra. Não valia a pena.

Assombrou-se com a idéia de que talvez fosse um pouco masoquista, pois deixava-se iludir por uma Rita cada vez menos cuidadosa. E ainda por cima, aguardava a segunda-feira com a expectativa de rever Mirella. Ela relutava, brigava com sua ansiedade, mas era por Mirella que seu pensamento procurava.

Na segunda-feira de manhã era Mirella quem se sentia estranha. O dia que se iniciava vinha com um sentimento inesperado, um misto de ansiedade e temor que ela não compreendia. O primeiro dia de aula, ainda mais do segundo semestre, não costumava trazer-lhe nenhum tipo de emoção especial desde que deixara de ser aluna para se tornar professora. Uma vontade de chegar logo, de encontrar algo especial que a aguardava, um receio do novo, do desconhecido.

Sentindo a água escorrendo tépida pelo seu corpo, Mirella prolongou o banho o máximo que pôde, tentando manter os nervos sob controle e o coração em um ritmo mais plausível. A confusão que repentinamente se instalou nela deixava-a atordoada, mas Mirella não conseguia atinar a razão. A água quente formava uma grande nuvem de vapor que ocupava todo o recinto, envolvendo-a numa neblina espessa, opaca e densa. Sentia falta de ar, como às vezes acontecia na sauna do clube. Como às vezes acontecia quando tinha medo do escuro, criança pequena e acuada que fora. Sentia seus ombros enrijecidos denunciando a tensão que recaía sobre seu corpo. Com a ponta dos dedos, procurava desfazer o nó que a endurecia, mas percebeu que ele nascia por dentro dela, como planta que finca raízes em solo bom, difícil de arrancar. "Preciso de uma massagem na alma."

Saiu do banho com a pele amolecida, quase enrugada, mas a ansiedade resistia. Vestiu-se com cuidado extremado, como se estivesse se preparando para uma festa. Sentiu-se tola quando se percebeu em dúvida entre esta ou aquela roupa, ela que normalmente se vestia sem grandes dilemas, sem grande comoção. Achava quase insuportável quando Isabella, ainda adolescente, passava horas escolhendo a roupa, perguntando-lhe se isto ou aquilo ficava bem, numa preparação quase mística para apenas ir ao cinema. Sempre a repreendia pelo exagero, impaciente com tamanha indecisão para quase nada. Agora se sentia um pouco como Isabella, o vexame tornando-lhe as faces mais rosadas e quentes que de costume.

No carro, rumo à escola, ela e Daniel mantinham-se em silêncio. Ele, enfiado em uma revistinha colorida, mal sabia que o mundo lá fora corria apressado. Ela, dirigindo automaticamente, estava mergulhada em si mesma. No estacionamento, ao fechar o carro, Mirella sentiu uma excitação que lhe bambeou as pernas. "Meu Deus, o que está acontecendo comigo?"

Quando chegou à sala dos professores, sentiu o coração acelerado. E falta de coragem para entrar. Respirou fundo, abriu a porta, deu alguns passos. Mirella cumprimentou os colegas rapidamente. Com certa impaciência, conversou um pouco com Teca e Roseli, olhando para um lado e outro, à procura. Um vazio tomou-lhe o peito quando percebeu que não encontrava, que não avistava, mas não sabia o que de fato procurava.

Foi então que a porta da sala se abriu e ela viu, com o coração aos saltos, Ana Maria entrando sem alarde, quase uma sombra se esgueirando para dentro. Prendeu a respiração, criou coragem e olhou insistentemente para ela, esperando mal sabia o quê. Quando seus olhos se cruzaram, sustentou o olhar, perscrutando o de Ana Maria. Sentiu o impacto de um choque quando encontrou um par de pedras de gelo brilhando em sua direção. "Ela ainda está chateada comigo", constatou com tristeza.

Ana Maria cumprimentou Mirella com uma formalidade que havia algum tempo já não cabia entre elas.

– Como vai, Mirella? Passou bem as férias? – acompanhou a pergunta com um aceno formal, distante.

Mirella deu um passo em direção à Ana Maria, que recuou instintivamente. Apesar de sentir seu coração em fogo, Ana Maria sabia que precisava se manter a salvo. Ainda guardava na memória a desconfiança de Mirella, não podia estender um tapete vermelho por sobre sua mágoa. Mirella percebeu e parou, constrangida. Sua voz saiu baixa, envergonhada:

– Comigo foi tudo bem, sim. E você?

– Também foi tudo ótimo.

Ana Maria aproveitou a chegada de Teca para pedir licença a Mirella, afastando-se rapidamente. Mirella ficou atordoada, mas não demonstrou. Iniciou uma animada conversa com Teca, pedindo por notícias e fofocas. O clima descontraído da conversa não permitiria a ninguém suspeitar que, por dentro, Mirella estava imersa numa corrosiva mistura de sentimentos. Ana Maria despertava nela algo ainda sem nome e que deixava Mirella numa ansiedade combinada com medo e ternura. "Ai, meu Deus, que confusão", choramingou para si.

Mirella passou muito tempo de suas férias torturando-se pela maneira quase cruel com que tratara Ana Maria em Maresias. Sentia-se culpada e arrependida, mas não sabia como fazê-la saber disso. Queria dizer-lhe que sentira sua falta, que a achava uma mulher muito digna e corajosa. Queria dizer que sentira sua presença nos momentos mais inusitados, umas saudades fortes tomando conta. Queria dizer que fora injusta, que Ana Maria tinha razão em se manter a distância, mas que ainda podia reparar o erro. Queria muito pedir-lhe sinceras desculpas.

Perdida em seus pensamentos, mal percebeu quando se despediu de Teca, nem viu a movimentação na sala dos professores depois de soar o sinal. Quedou-se onde estava, ausente. Só despertou de seus devaneios quando ouviu uma voz doce trazendo-a de volta. Era Ana Maria que a chamava delicadamente.

– Mirella? O sinal soou, você não tem a primeira aula?

Talvez por descuido, ou quem sabe ansiedade, Ana Maria deixou que um olhar terno alcançasse Mirella, mas recolheu-se em seguida à sua concha. A trégua durou pouco mais do que alguns centésimos de segundo, suficientes, entretanto, para fazer estrago na calma de Mirella.

– Oi, Aninha – testou a intimidade, temerosa. – Desculpe-me, estava com a cabeça nas nuvens. Tenho aula, sim, vou correr para a sala agora.

Mirella afastou-se, batendo em retirada. Na porta da sala dos professores, porém, parou repentinamente. Voltou-se para Ana Maria, cravando nela um olhar quase súplice:

– A gente pode conversar depois? Fora daqui?

Ana Maria foi surpreendida pela ousadia de uma Mirella diferente. Sentiu-se confusa, o coração aos saltos quase não deixava sua voz sair. Mesmo assim, não se permitiu fraquejar.

– A gente combina depois, tá?

Mirella não se deu por vencida, insistiu:

– Vou esperar, Aninha. A gente precisa conversar.

Saiu, deixando a porta entreaberta e Ana Maria paralisada. Um desejo intenso provocando o abalo, o medo resistindo fortemente. Sentindo uma espécie de tontura, Ana Maria respirou fundo, buscando equilíbrio, procurando recobrar a calma. Esse confronto direto seria penoso demais, pelo menos por enquanto. Uma retirada de cena pareceu-lhe a estratégia menos arriscada. Foi esse o nome que Ana Maria deu à sua própria covardia.

Mirella guardou na retina a ternura daquele olhar fugidio. Sentiu nele que não era impossível reparar a grosseria medonha que cometera, pressentiu a brecha na couraça que Ana Maria vestia com desconforto. "Eu vou vencer o medo dela, eu vou conseguir me desculpar. Não quero nem posso perder a amizade da Aninha."

Foi com surpresa que deu pela falta de Ana Maria no intervalo das aulas. A surpresa foi se transformando em tortura com o passar dos dias, porque Ana Maria não apareceu na sala dos professores nenhuma vez. Mirella ficou perdida, passada.

Na sexta-feira, depois de mais um dia de procura infrutífera, Mirella sentia-se no limite. Jamais imaginara que a ausência de Ana Maria a deixasse tão transtornada. "Eu preciso fazer alguma coisa. E tem de ser logo."

No que dependesse dela, a conversa com Ana Maria não passaria deste fim de semana.

8

Ana Maria não sabia exatamente se estava arrependida por ter aceitado aquele convite inesperado. Chegara a recusar, mas fora surpreendida por uma insistência que a desarmara. Acontecera tudo de uma forma estranha. Depois de "desaparecer" durante toda a semana, marcando reuniões, entrevistas e supervisões sempre no horário do intervalo, procurou evitar ao máximo a sala dos professores, só passando por lá quando era absolutamente necessário. Por sorte (seria sorte mesmo?), não encontrara Mirella nenhuma vez.

Jamais imaginara que Mirella se importasse a ponto de telefonar. Sentiu-se lisonjeada, mas procurou não deixar transparecer. Recusou prontamente o convite para ver o *show* de Ana Carolina no Ibirapuera, apesar de querer loucamente aceitá-lo. Teria deixado Mirella perceber? Não podia saber com certeza, mas o fato é que Mirella não quis aceitar sua negativa. Contornou todas as desculpas, argumentou insistentemente até vencer as suas resistências. Via-se agora naquele cenário paradisíaco, na Praça da Paz, rodeada de árvores e de gente bonita, mas sentia-se no limbo, acuada.

Por um lado, o prazer intenso de estar com Mirella; por outro, o temor de que Mirella pudesse interpretar mal uma palavra ou algum gesto descuidado seu. Mantinha-se, portanto, sob forte vigilância, quase fria. Essa contradição deixava Ana Maria exausta. Não teria sido melhor ficar em casa descansando? O que a seduzira a ponto de voltar atrás em sua decisão de não mais sair com Mirella?

O domingo estava maravilhosamente iluminado. O sol driblava a folhagem espessa das árvores do parque, escapulindo aqui e ali, criando um efeito dourado por entre o verde predominante. Mirella estava radiante, feliz da vida. Estava ansiosa também, sabia que tocaria numa ferida ainda recente, mas precisava passar a limpo aquela parte infeliz da sua história. Esperava o momento oportuno, depois do *show*, quando poderiam conversar calmamente. E não permitiria que Ana Maria escapulisse. De jeito nenhum.

A Praça da Paz, onde ocorriam os *shows* aos domingos no parque do Ibirapuera, estava tomada por uma legião de mulheres, muitas estavam com suas namoradas e andavam de mãos dadas. Mirella começou a prestar atenção, atraída por mais do que uma simples curiosidade. Na verdade, sentia uma agitação quando via essas demonstrações de amor em público. Nada, porém, fascinou-a mais do que um longo e apaixonado beijo entre duas mulheres lindíssimas que estavam muito perto dela e de Ana Maria.

Mirella ficou olhando fixamente as mulheres com a respiração suspensa, uma admiração profunda. Mal se deu conta do tamanho da sua indiscrição, tal era o arrebatamento. Ficou ali observando, despudorada. Será que, ao vê-las, Ana Maria sentia o mesmo? Será? Assustou-se ao perceber sua empolgação. "O que é isso, o que eu tenho?"

Enfiou-se num alheamento, mas impossível não sentir aquele calor gostoso tomando conta dela. Sensação boa demais para ser ignorada. Enlevada, tomada por suas descobertas, Mirella mal percebia que Ana Maria estava agitada, leoa na jaula. Quando se deu conta, Ana Maria a tocava no braço, pedindo baixinho com a voz embargada:

– Mirella, vamos sair daqui? Desculpe-me atrapalhar, mas é que eu vi... – o choro cortou sua voz, incontrolável.

– O que foi, Aninha? – Mirella estava espantada com a transformação que não acompanhara. – O que você viu? Fala.

– Minha ex-mulher está aqui atrás, eu queria sair de perto – falou com esforço. – Ela está com outra. Ela está sempre com uma mulher diferente, não estou agüentando mais.

– Vamos sair daqui, vem – Mirella levou-a pela mão gentilmente.

Caminharam por um pequeno trecho de vegetação mais fechada até uma pequena clareira, onde havia um grande tronco tombado. Mirella conduziu Ana Maria até lá, fazendo-a sentar-se.

Postou-se ao lado dela e esperou, disposta a ouvir. Ana Maria sentiu-se estranha, mas revelou sua dor a Mirella. Apesar de tudo, confiava nela, não sabia como nem por quê.

– Acho que você sabe como estou me sentindo. Entendo bem o que você quis dizer, certa vez, com sentir-se derrotada com o fim do casamento. Me sinto assim, apesar de todo o discurso positivo que fiz a você naquela época. E o pior é que sinto ter vivido uma farsa, sabe?

– Por que uma farsa?

Ana Maria contou a Mirella como vinha percebendo, a cada reencontro, como sua relação estivera baseada em mentiras.

– Acho que eu não queria enxergar, mas era tão claro. Como pude ficar tão cega?

– Porque devia ter alguma coisa muito boa, que você não queria perder. O que a fez ficar com ela por cinco anos?

– Talvez pelo sexo, que sempre foi muito bom. Desde a primeira vez. Ou talvez por ter medo de ficar sozinha, sei lá.

Mirella sabia bem o que Ana Maria estava sentindo. Também ela se deixara enredar numa grande mentira, o medo da solidão fazendo-a suportar outros medos. Espantou-se mais uma vez com tamanha afinidade. Ao mesmo tempo, pressentia que Ana Maria estava prestes a fechar a guarda. Talvez fosse essa a sua última chance em muito tempo, não podia desperdiçá-la.

– Aninha, queria falar uma coisa a você – iniciou cheia de dedos. – Eu lhe devo desculpas e humildemente peço que as aceite.

– Não sei do que você está falando – Ana Maria cortou bruscamente a conversa.

Ela tentou passar ao largo do assunto que a incomodava, pegar talvez um atalho para a rota de fuga mais próxima, mas Mirella não permitiu. Sem rodeios, foi direto ao assunto com uma franqueza absoluta.

– Aquele dia, em Maresias, eu fui de uma grosseria absurda. Eu entendo que você esteja aborrecida comigo, eu também estaria. Queria que você soubesse que eu me arrependi do que fiz.

– Eu fiquei muito mal, Mirella, com sua desconfiança. Jamais passaria pela minha cabeça me aproveitar de uma situação daquela, de abusar da sua confiança. Você não tem idéia do quanto me torturei naquela noite em que dormimos na mesma cama, das horas que passei com insônia, tentando criar coragem para não mentir mais. Quando me revelei, esperava uma reação talvez áspera, mas nunca a sua desconfiança.

– Eu sei que fiz você se sentir horrível, sei que o que fiz foi uma violência. Não sei se adianta muito, mas queria te dizer que nunca desconfiei de você realmente. Aquela reação foi uma defesa egoísta.

– Defesa egoísta? Não estou entendendo.

– Ai, Aninha, eu também não entendo direito ainda, mas estou me esforçando. Alguma coisa do que você me disse, sei lá, mexeu comigo e eu não soube lidar com meus sentimentos.

– Continuo não entendendo.

– Acho que, para não me ferir com a confusão em que eu fiquei, perdi o controle e reagi daquela forma grosseira, machucando você. Te ataquei para me defender. Entende?

– Mais ou menos. Afinal, de que tanto você precisava se defender?

– Não sei direito, Aninha. Só sei que eu não queria magoar você. Me desculpa, por favor?

– Você não desconfiou mesmo de mim?

– Não mesmo.

– Então tá. Já passou, deixa para lá.

Mirella deu um suspiro profundo e aliviado. O peso que lhe curvava os ombros dissipou-se como num passe de mágica.

– Você não tem idéia do quanto eu precisava ouvir isso.

Ana Maria sorriu, apaziguada. Sentia que a franqueza de Mirella lhe restaurava a força, a coragem. Quase esqueceu Rita. Quase se sentiu feliz.

Aquele domingo surpreendente causou um grande rebuliço na vida das duas mulheres. Os dias que se seguiram trouxeram a tiracolo uma vontade louca e renitente de estar perto, de estar junto, de compartilhar cada instante. A afinidade entre elas ia se tornando cada vez mais evidente, mais insistente. Bonita.

Foi Mirella a primeira a levar um susto. Já naquela mesma tarde, foi assaltada por pequenas alucinações auditivas, um tormento inesperado, mas nada incômodo: a voz de Ana Maria lhe vinha dos lugares mais improváveis, das formas mais inusitadas. Ao chegar em casa, depois do *show*, ouviu a alegria de um churrasco que ocorria na vizinhança – risadas, vozes em tom mais alto se sobrepondo à música também alta que animava a festa. O primeiro sobressalto foi achar que era Ana Maria quem ria daquele jeito gostoso, contagiante. Mirella colocou seu livro de lado – *A escolha de Sofia* – e caminhou lentamente até a janela de seu quarto, intrigada. "O que será que a Aninha está fazendo na casa do Pádua? Que coisa estranha!" Depois, sacudindo a cabeça e rindo de si mesma, percebeu que a voz que alimentava aquela risada nada tinha de parecido com a de Ana Maria, absolutamente nada. "Que curioso."

Voltou para seu livro e recomeçou a leitura. Engraçada aquela vontade imperativa de reler sobre Sofia e suas impossibilidades. Começou a pensar na sua liberdade, coisa que nem imaginava fazer dois, três meses antes. Sentia-se num "estado filosófico", profundamente envolvida com o sentido da vida, especialmente da sua vida. Pensava em suas escolhas passadas, se de fato as teve, ou se fora compelida para decisões – tão sérias quanto casar, por exemplo – por motivos subterrâneos e inatingíveis para ela.

Em meio a esses devaneios, ouviu a voz de Ana Maria chamando-a, calma e doce como sempre. Procurou ouvir de onde vinha aquele chamado – e vinha de dentro dela, bem lá de dentro. Sorriu novamente. Prometeu-se jamais contar a Ana Maria esses seus desvarios. "Certamente ela me acharia louca. Ou ridícula, o que seria pior. Não, nem pensar."

Ana Maria, desde que se mudara para Moema, cultivara o hábito de caminhar muito cedo no Parque do Ibirapuera. Impusera-se a regra de nunca andar menos do que uma volta completa na pista de *cooper*, a de trajeto mais longo. Caminhava bem lentamente, respirando fundo, inalando aquele cheiro verde de seiva e vida, de terra e folha caída. Seu astral melhorava incrivelmente depois disso, ia para o trabalho com disposição, animada. Mesmo naquele período difícil em que procurara ficar longe de Mirella, sentira-se cheia de energia para o trabalho, renovada a cada manhã.

Nessa segunda-feira, entretanto, percebia que alguma coisa estava diferente. Suas passadas estavam mais rápidas, mais agitado seu espírito. Parecia querer terminar a caminhada por decreto, a ansiedade de ir logo para a escola acossando-a sutilmente. Uma mulher passou por ela correndo em sentido contrário, virou-se rapidamente para chamá-la, julgando ver Mirella. Ao vê-la por trás, porém, percebeu que fora um engano. "Ainda bem que não chamei", pensou, sorrindo da confusão.

Sentiu que seu coração estava mais acelerado, todo seu ritmo estava mais para corrida do que para caminhada. A respiração estava descompassada, sentia-se fora de prumo, desajustada. Viu um casal jovem caminhando à sua frente, diminuiu a marcha para negociar uma ultrapassagem. Sobressaltou-se ao ouvir o rapaz falar o nome de Mirella. Já estava quase passando os dois, então resolveu diminuir a marcha e escutar a conversa, sem nenhum escrúpulo. Afinal, esse nome era diferente, devia se tratar dela, a *sua* Mirella. Ficou muito sem graça ao perceber que não falavam de Mirella, mas de Marina, um nome bem diferente. Bem diferente. "Que coisa esquisita", pensou, encabulada. "Parece que tudo me lembra a Mirella."

Estranhou também quando cruzou a linha de chegada da pista. Estava sem fôlego, as faces afogueadas, cansada. Só então se deu conta de que estivera correndo para valer, como que para vencer um obstáculo, para chegar logo. Ainda era muito cedo, mas ela não hesitou em rumar rapidamente para seu destino. Então descobriu que seu objetivo não era exatamente a escola. Sua ansiedade era por Mirella.

Mirella andava de um lado para o outro na sala de aula. Estava agitada, aflita. Correra com a matéria, mas isso, para sua surpresa, não fizera o tempo passar mais rápido. Enquanto os alunos respondiam ao questionário que lhes passara, procurou sentar-se, não sem algum esforço. Tentando manter-se mais calma, pois até os alunos notavam sua ansiedade, olhava o relógio com freqüência e sempre se aborrecia – nem dois minutos tinham se passado a cada vez.

Fechou os olhos, respirou fundo. O sorriso iluminado de Ana Maria ao revê-la na hora da entrada, na sala dos professores, ainda lhe causava aquela sensação quente e boa de felicidade. Ela temera por alguns instantes, ao chegar, que Ana Maria tivesse uma reação fria, áspera, talvez um arrependimento pelo perdão da véspera. O sorriso aberto e esticado na face, entretanto, mostrara-lhe uma Ana Maria francamente acolhedora. Sentira-se bem demais e agora era com nervosismo que se dava conta de que já sentia saudades. Essa situação deixava Mirella confusa e agoniada, mas ao mesmo tempo uma sensação boa a inundava, fazendo-a entregar-se sem muitas reservas aos sentimentos, ela que sempre fora tão racional. Estava com saudades e pronto.

Faltavam alguns instantes para bater o sinal. Mirella arrumou cuidadosamente seu material, apanhou a bolsa e dispensou os alunos. Pediu-lhes que saíssem em silêncio, para não incomodar as salas vizinhas. Aguardou que esvaziassem a sala, o que aconteceu em questão de segundos. Respirou fundo e saiu, cabeça baixa, agarrada aos livros.

Ouviu passos de alguém que vinha pelo corredor, por trás dela. Virou-se por acaso, apenas curiosa. Levou um grande susto e depois uma alegria indizível se apoderou dela. Era Ana Maria, sorridente, os olhos verdes faiscando num olhar quente, penetrante. Mirella pensou que aquela coincidência não podia ter sido melhor.

Mal sabia ela que Ana Maria se dirigira para aquela parte da escola apenas para ouvir a voz de Mirella, vê-la dando aula pelo pequeno vidro da porta, pressentir alucinadamente seu cheiro, seu calor. Mirella nem podia sonhar que Ana Maria passara várias vezes em frente à porta da sala, sem nenhuma preocupação de arrumar uma desculpa plausível para estar por ali, o coração batendo mais forte, adrenalina a mil. "Gente, estou completamente adolescente. O que está acontecendo comigo?", intrigou-se, sorrindo. Depois concluiu: "A Mirella jamais poderá saber uma coisa dessas, senão vai rir de mim e vai me achar infantil".

Alguns segundos mantiveram a eletricidade percorrendo o ar entre as duas mulheres. Os sorrisos iluminaram o corredor quase sombrio e ficaram pendurados nelas como um estandarte em homenagem à felicidade. Mirella e Ana Maria caminharam juntas para a sala de professores, lado a lado. O roçar involuntário de braços despejava, vez ou outra, faíscas entre elas. E arrepios.

Aqueles dias todos foram marcados pelas saudades adolescentes, uma vontade doida de conversar e se conhecer – e que tudo mais fosse para o inferno. Às vezes, poucas horas depois de se despedirem na escola, Mirella sentia aquele desejo louco de ligar, de dar continuidade à conversa do dia. Hesitação, receio de ser chata, de incomodar. Passos nervosos pelo quarto, ansiedade. De repente, uma explosão de ousadia: Mirella apanhava o telefone bruscamente e discava o número que já decorara, tantas foram as tentativas abortadas. Sem nenhum motivo plausível para ligar, arriscava-se totalmente:

– Ana Maria, tudo bem?

– Mirella, que bom ouvir sua voz! Eu estava para te ligar, acredita?

A recepção tão calorosa desfazia o nó da angústia. Horas de conversa roubadas do sono e uma disposição infindável de estar, de alguma forma, por perto. Ana Maria sabia o que estava sentindo, mas fingia para si mesma, a dor da rejeição ainda brilhando em seu medo prateado. Mirella ainda estava descobrindo, tateando sensações, procurando nome e formas. Corajosa, entregava-se sem titubear aos sentimentos, a razão domada como nunca lhe acontecera.

O fim de semana aproximava-se e Mirella resolveu não perder tempo. Teria uma festa no sábado à noite, mas não suportava a idéia de ficar sem ver Ana Maria. Daniel passaria, pela primeira vez, todo o fim de semana com o pai. Mirella pegou o telefone mais uma vez, agora com uma boa desculpa engatilhada.

– Aninha, queria te fazer um convite.

– Oba, um convite. Manda.

– Você quer ir comigo ao aniversário de minha afilhada amanhã à noite?

– Festa de criança? Ai, não sei...

– Não, sua boba. É uma festa de adultos, Cris é minha afilhada de casamento.

– Ah, bom, mas... mesmo assim... – dúvida e desejo corroendo Ana Maria.

– Bom, é um programa de índio, eu sei. Mas estou pensando que depois a gente poderia fazer alguma coisa... – Mirella fez uma pausa insinuante e continuou – ... mais interessante. Topa?

– Ai, Mirella, sei lá. Acho que não vai dar.

– Mas por quê? Pode me explicar?

– Bom, é uma festa de família, não conheço ninguém. Sei lá, no mínimo, é esquisito.

– Olha, não é propriamente uma festa de família, pois a Cris é minha amiga de infância, não minha parente. E eu também não conheço quase ninguém. São raríssimos nossos amigos comuns que ainda vão às festas. Se você for, vai me fazer companhia. Vamos? Por favor...

– Está bem, você venceu! Vamos. Você quer que eu te apanhe em casa?

– Quero. Às nove está bom para você?

– Está ótimo. Combinado, então.

Ana Maria levou horas se arrumando. Cortara o cabelo, saíra para comprar roupas novas, perfumara-se na medida exata. Dez para as nove, seu carro já estava entrando na rua de Mirella, uma rua pequena e escura no Morumbi, com casas belíssimas, imponentes. Ao chegar à frente da casa de Mirella, assustou-se com o luxo da casa, imensa, linda. Surpreendeu-se, pois Mirella era pessoa simples, jamais imaginara tamanha riqueza.

Sem coragem de mostrar sua ansiedade, resolveu dar mais umas voltas pela região, com medo de ficar parada no carro naquele lugar ermo, escuro. Deu uma longa volta, passou pelas ruas vizinhas bem vagarosamente. Até que não agüentou mais: faltando um minuto para as nove, tocou a campainha insistentemente. Para a sua surpresa, a porta se abriu de imediato, mostrando Mirella linda, estonteante.

Durante toda a festa, que estava bastante animada, Mirella não saiu de perto de Ana Maria. Conversou com uma ou outra pessoa, mas, sempre que podia, voltava correndo para perto dela. Estava elétrica e ansiosa. Seu olhar buscava o de Ana Maria com insistência, indagador, curioso. Ana Maria sentia-se ligeiramente inibida, baixava os olhos vez ou outra, mas achava delicioso. O tempo passou rápido, quando se deram conta, já era quase uma hora da manhã. Ana Maria estava gostando da festa, mas não se importaria em sair de lá para algum outro lugar. Qualquer um, desde que ficasse com Mirella.

Mirella chamou-a baixinho, para sua decepção pedindo para ir embora. Despediram-se da aniversariante, foram para o carro. Ana Maria deu partida lentamente, sem saber que rumo devia tomar. Como Mirella lhe pedira para ir embora, supôs que devia levá-la ao Morumbi e para lá foi se dirigindo.

A conversa estava amena, mas Ana Maria sentia-se incomodada. Não queria ir embora, não queria deixar Mirella, mas as ruas se sucediam rapidamente, desertas naquele horário. Pegou a avenida Rebouças, no sentido da Cidade Universitária. Inconscientemente, fazia o trajeto mais longo, mais tortuoso. Quando estavam se aproximando da avenida Faria Lima, cedeu a um impulso maluco e perguntou à queima-roupa:

– Mirella, quer conhecer meu apartamento novo?

Ansiosa, esperava pela negativa, já um pouco arrependida pela ousadia. Mirella virou-se rapidamente para ela. Com o olhar sedutor, respondeu numa voz melíflua:

– Claro que sim.

Sentindo a adrenalina viajar pelo seu cérebro, sem pensar no que fazia, Ana Maria fez uma conversão arriscada e proibida à esquerda, cantando pneu endoidecida. Em instantes, seu carro devorava as distâncias da Faria Lima, rumo a Moema.

Rumo à loucura total.

9

Ana Maria sentia-se surpreendentemente tímida, não sabia o que devia fazer. Pensava que os longos anos de casada haviam-na deixado destreinada para essas ocasiões. Ou talvez ainda restasse uma sombra em sua certeza, um medo de que as feridas antigas voltassem a doer.

Mirella sentara-se no sofá novo, aparentemente mais à vontade, mas sentia também um pânico adolescente. Sentia-se sem jeito, sem saber o que fazer com as mãos, sem conseguir iniciar uma conversa. Começou a escolher um CD para tocar. Assim, ao mesmo tempo resolvia o que fazer com as mãos e com os olhos. Procurou lentamente, lendo título por título, pegando um ou outro CD para olhar com calma. Ganhava tempo, mas sentia uma excitação gostosa, uma ansiedade boa.

Ana Maria foi buscar uma garrafa de vinho tinto, taças, um saca-rolha. As duas deram muitas risadas pela dificuldade em abrir a garrafa. Ana Maria aprumou-se, fez pose, colocou a garrafa entre os joelhos e puxou com firmeza o saca-rolha, vencendo a batalha e retirando finalmente a rolha. Rindo ainda, colocou vinho nas taças e apoiou a garrafa no aparador. Mirella olhou sedutoramente para Ana Maria, ergueu sua taça e chamou um brinde:

– Ao nosso encontro.

Ana Maria sorriu, ergueu sua taça e tocou com ela a de Mirella.

Mirella tomou vinho de olhos fechados. Colocou o CD que havia escolhido, da Ná Ozetti, no aparelho de som, deixando o volume não muito alto. Caminhou até a janela, apoiou os cotovelos no parapeito e as mãos no queixo, contemplativa. Ana Maria foi colocar-se ao lado dela, assombrando-se por ver uma enorme lua, redonda e brilhante, suspensa no céu pouco estrelado de São Paulo. Seu coração começou a bater apressadamente, disparando num ritmo alucinado. Deixou escapar um longo e profundo suspiro.

Mirella deixou seu corpo encostar no de Ana Maria, lânguida e sensual. Ana Maria sentiu a urgência do desejo. Soltou seu corpo também, sentindo em todo ele o calor macio da pele de Mirella. Encostou suavemente sua cabeça na dela, procurando tocar os cabelos dela com o seu rosto. O perfume de Mirella atiçou-lhe a coragem, penetrando pelas narinas até atingir seu cérebro, uma tontura adocicada em meio à adrenalina que lhe arrepiava todo o corpo.

Ana Maria virou o rosto lentamente. Com a mão direita tocou o queixo de Mirella, trazendo seu rosto com delicadeza, até sentir os lábios dela bem próximos dos seus. Pressentiu que Mirella os entreabria em oferenda. Pousou seus lábios suavemente sobre os lábios de Mirella, que correspondeu buscando com sua língua penetrar por entre os lábios de Ana Maria, mordiscando-os ligeiramente, enroscando-se na língua dela com volúpia, procurando o céu da boca.

Ser feliz é bem possível, a lua cheia me reduz a pedacinhos. Eu viro prata, eu viro loba, viro vampira, viro menina – a música, ao fundo, descrevia com perfeição o momento, a vitória. Ana Maria sorriu, envolvendo Mirella num abraço forte. Mirella estremecia, sentindo o coração de Ana Maria batendo tão forte que o sentia vibrando no seu próprio peito, à flor da pele.

O beijo despertou em Mirella um desejo que nunca julgara possível. Sentiu-se excitada, enlouquecida. Entregue. Ana Maria fazia carícias em suas costas, a mão forte massageando aquele corpo esguio e absolutamente perfeito. Mirella apertava-a contra si, querendo mais contato, mais abraço. Mais.

A mão de Ana Maria passou a brincar pelos cabelos de Mirella. Seus dedos, roçando-lhe a nuca, enfiavam-se por entre os cabelos lisos e sedosos, causando arrepios e frêmitos por todo o corpo. Mirella não se preocupava mais em disfarçar o tesão alucinante que sentia. Ana Maria, sentindo aquela mulher toda entregue, começou a ousar mais. Deixou sua mão escorregar sutilmente para as costas dela, descendo e subindo, fazendo voltas na cintura, acariciando-lhe os quadris. Quando seus dedos começavam a tocar a saliência das nádegas, Ana Maria recuava, voltando a subir a mão, brincando de dar voltas e mais voltas.

Mirella, arfante, comprimia mais seu corpo contra o de Ana Maria, mexendo os quadris lenta, ousadamente. Aos poucos, foi aumentando o ritmo. Ana Maria pousou suas mãos nos ombros de Mirella, delicadamente foi deslizando-as para baixo, até tocar-lhe os seios. Percebeu que Mirella gemia, respirando mais rapidamente, procurando manter as mãos fugidias de Ana Maria sobre seus seios. Ana Maria, então, segurou-os por baixo, apertando-os com delicadeza, circulando-os com movimentos rápidos e fortes.

Mirella estava em total descontrole. Ana Maria brincava por caminhos tortuosos de seu corpo, subindo e descendo as mãos por sobre sua barriga, pelos quadris, passando-as pelo bumbum firme e empinado, voltando para as costas, daí novamente para os seios, descendo pela barriga, até quase tocar o monte de Vênus que se adivinhava por baixo do vestido de seda preto, justo e *sexy*, que Mirella vestia. Ela implorava por atalhos, mas Ana Maria não concedia, prolongando os carinhos e os gemidos, mas pegando desvios enlouquecedores.

Mirella pegou a mão de Ana Maria e, erguendo ligeiramente seu próprio vestido, colocou-a sobre sua púbis, pressionando-a para baixo e para dentro. Ana Maria correspondeu, esfregando-lhe os pêlos por sobre a calcinha, passando os dedos sobre o clitóris, adivinhando-lhe a entrada com toques suaves alternados com dedos nervosos e firmes.

Os lábios se colaram num beijo ardente. As línguas se enroscavam, as bocas se mordiscavam e devoravam com tesão. Ana Maria subitamente tirou as mãos de Mirella, que insinuou uma reclamação. Rapidamente, porém, Ana Maria já estava abaixando o zíper em suas costas, despindo-a ali mesmo, no meio da sala. Mirella pressentiu a loucura da nudez, abriu a camisa de Ana Maria com rapidez, arrancando um botão com seus movimentos apressados, urgentes.

Primeiro Ana Maria fez o vestido de Mirella escorregar até que ele restou amontoado no chão. Em seguida, Mirella puxou a camisa de Ana Maria para trás, soltando-lhe o sutiã num movimento rápido e preciso. Sua mão prendeu a de Ana Maria, que queria impedir-lhe os movimentos numa vergonha súbita e delicada. Mirella manteve a firmeza nos gestos, abriu o botão da calça *jeans* de Ana Maria, puxando-a para baixo, até deixá-la só de calcinha, como ela própria já estava.

Ana Maria ajoelhou-se diante de Mirella. Beijou-lhe o umbigo e foi descendo, passando a língua com cuidado por todos os pelinhos, fazendo ao mesmo tempo a calcinha descer pelas pernas até o tornozelo. Mirella deu um passinho com cada pé, ajudando Ana Maria a terminar de tirá-la. Mirella, suspirando muito, quase gemendo, incitou Ana Maria a tirar a própria calcinha.

Pela grande janela da sala, um luminoso raio de luar alcançou a nudez das duas mulheres, prateando-lhes o desejo e os corpos bem-feitos. A pele muito branca de Mirella contrastou com sua púbis muito negra. Ana Maria sentiu que um tesão furioso as enlouquecia. Pressentia que qualquer gesto apressado poderia precipitar o gozo, tão intenso o desejo que as dominava. Controlando seus movimentos, tentava prolongar a viagem, encompridando a trilha.

Olhou para os seios firmes e pequenos de Mirella, aproximou sua boca e beijou-os com carinho. Aos poucos, foi brincando com a língua, fazendo Mirella se contorcer, um calor forte inundando-lhe o sexo. Lambeu e chupou cada mamilo, sugando ora com força, ora com muita delicadeza. Sem conseguir mais manter-se em pé, Mirella deixou-se tombar no sofá, as pernas entreabertas, oferecidas, os seios endurecidos, arrepiados.

Ana Maria foi passando a língua em cada pedacinho de pele de Mirella, fazendo volteios, demorando para chegar ao umbigo, escorregando para a parte interna das coxas, descendo mais até os tornozelos bem torneados, subindo novamente até sentir os pêlos de Mirella entre seus dentes, o cheiro bom do desejo embriagando seus sentidos, entontecendo-a. Com a língua bem esticada, brincou com o clitóris, alisando-o rapidamente, enquanto o sugava e mordiscava, deixando Mirella desesperadamente louca de tesão.

De repente, meteu a ponta da língua por entre as pernas dela, entrando e saindo firme e rapidamente. Mirella gemeu, gritou, puxou Ana Maria para cima, por sobre seu corpo, procurando a boca, precisando de um beijo. Ana Maria correspondeu, deitando seu corpo sobre o corpo dela, beijando-lhe a boca ardentemente, enquanto Mirella, já quase desfalecida, conseguia um resto de energia para acariciar com tesão os seios de Ana Maria, que perdia o rumo em pleno delírio.

Ambas começaram a esfregar seus pêlos num vaivém enlouquecedor. Mirella, sentindo que estava para gozar, agarrou Ana Maria com força, arranhando-lhe ligeiramente as costas na fúria do seu desejo. Ana Maria gemia, mexia, se esfregava inteira. Repentinamente, enquanto beijava Mirella com loucura, desceu uma mão até a púbis dela, penetrando-lhe sem aviso, sem pedir licença, com dois dedos rijos. Mirella enlouqueceu completamente, gemeu, gritou, mexeu e pediu mais e mais e mais. Ana Maria colocou o terceiro dedo, entrando e saindo rapidamente, procurando pressionar com a ponta dos dedos a pele enrugada e macia que encontrou dentro de Mirella.

Ela mexeu como louca, pressionando a mão de Ana Maria, forçando-a ainda mais para dentro de si. Arfando e gemendo muito, Mirella começou a gritar:

– Aahh, eu vou gozar... eu vou gozar...

Ana Maria, então, manteve o ritmo forte, buscando o final da viagem enlouquecida de prazer, ainda mais excitada com a loucura de Mirella. Gemeu, esfregou, mexeu como louca. Gritando muito, as duas mulheres atingiram um orgasmo alucinante, os corpos estremecendo juntos, a respiração ofegante. Ainda gemendo baixinho e suspirando, deixaram-se ficar abraçadas, Ana Maria fazendo um carinho tranqüilo nos cabelos de Mirella, que, exausta, fechou os olhos para concentrar-se nas sensações que ainda percorriam todo seu corpo. Quando Ana Maria olhou para seu rosto, percebeu que Mirella estava chorando, lágrimas deslizando por sua face afogueada. Preocupada, perguntou gentilmente:

– O que aconteceu? Eu fiz alguma coisa errada?

Mirella sorriu e puxou Ana Maria para mais perto dela, procurando proteção.

– Não, sua bobinha. Você não fez nada de errado, eu é que sou uma manteiga derretida.

– Mas por que você está chorando? – Ana Maria continuava aflita.

– Estou chorando de alegria, porque nunca tinha tido um prazer tão intenso em toda a minha vida. Estou chorando porque não sabia que era possível ser tão feliz. Estou chorando porque você me devolveu à vida.

Ana Maria se emocionou, deixando escapar duas pequenas lágrimas, que vieram brincar de salgar sua boca. Num impulso, sem perceber a profundidade de seu gesto, virou-se lentamente para Mirella e sussurrou:

– Mirella, eu te amo!

Mirella permaneceu em silêncio, saboreando as palavras de Ana Maria como se bebesse um forte destilado. O mesmo calor que lhe queimava as entranhas deixava-a embriagada, numa felicidade que jamais suspeitara existir. Sua covardia, ou a emoção – que fora imensa – silenciaram o que seu corpo queria expressar em cada músculo exausto: "Eu também te amo. Eu também".

– Aninha, como é que pode? Estou confusa...

– Como assim?

– Como pode ser tão bom? Eu jamais poderia imaginar que sentiria uma coisa tão boa. O que você fez comigo?

– Ah... foi você que me fez fazer, você que me mostrou o caminho.

– Mas como? Eu não disse nada, mas você adivinhou tudo o que eu queria.

– Você disse, sim, Mirella. Seu corpo me dizia onde tocar, por onde ir, o que fazer, não foi preciso nenhuma palavra. Bastou "ouvir" o que seu desejo me contava. Eu fiquei muito atenta a cada tremor, a cada suspiro, a cada arrepio seu. Isso foi minha bússola, meu mapa.

– Nossa, que coisa mais linda. Você é uma pessoa maravilhosa, sabia? Você é toda linda.

Ana Maria sentia toda a felicidade do mundo fazendo ninho em seu peito. Não revelou a Mirella sua surpresa, mas também ela tivera a experiência mais intensa de toda a sua vida. E ela não era propriamente inexperiente. Ficara tocada com a entrega de Mirella, feliz com sua ousadia. "Que mulher surpreendente. Ela é simplesmente maravilhosa."

O domingo desapareceu rápido demais. Mirella e Ana Maria enroscaram-se num prazer sem fim, um tesão persistente vindo incitar e enlouquecer as duas mulheres. Esqueceram-se de dormir e de comer. Esqueceram-se do mundo e da vida, amando-se intensamente todo o tempo que passaram juntas. Quando Mirella avisou que precisava partir, eram quase quatro horas da tarde. Queria estar em casa para receber Daniel no começo da noite, não podia ficar mais. Um suspiro profundo mostrou a disposição de Ana Maria de separar-se dela nesse momento: nenhuma. Mirella ainda foi tomar um longo banho, e Ana Maria usou esse tempo para acostumar-se com a idéia. E para se convencer de que seria por muito pouco tempo, afinal logo pela manhã ela veria Mirella, sentiria seu cheiro, ouviria sua voz. Estremeceu ao pensar que se veriam no ambiente de trabalho. "Como será?"

Quando Mirella saiu do banho seminua, o corpo enrolado numa toalha que o deixava quase todo à mostra, Ana Maria se esqueceu de tudo novamente. Mirella exalava sensualidade por todos os poros. Foi com enorme dificuldade que ambas se ativeram a um beijo longo e ardente, entrecortado por suspiros e pequenos gemidos.

Quando o carro de Ana Maria deixou a garagem, Mirella viu a luz do sol e sentiu a brisa morna do final da tarde atingindo seu rosto. O hálito quente do mundo lá fora a chamou para a realidade. Foi com um estremecimento que se deu conta de que sua realidade incluía um filho, um ex-marido, trabalho, família, obrigações.

Onde caberia o amor de Ana Maria agora?

10

Quando Ana Maria parou o carro em frente da casa de Mirella, sentiu uma tristeza aguda. Talvez por um brilho fugidio do olhar de Mirella, talvez por sua própria insegurança, a verdade é que aquela despedida pesou-lhe no coração. Voltou para casa procurando suas próprias pegadas, tentando refazer seu caminho, desfazer alguma sombra.

Levou o restante do dia e toda a noite relembrando cada palavra, cada toque, cada arrepio. Sentia calor, um tesão gostoso reacendendo a chama. Passou muito tempo se tocando durante o banho, revivendo o prazer, prolongando-o. Atingiu orgasmos, alguns afoitos, outros mais sutis. Impressionou-se com essa memória física do gozo.

Quase na hora de dormir, ainda sentindo muito tesão, começou a ter receio pelo dia seguinte. Como será que Mirella estaria? Como será que ela própria reagiria ao rever Mirella? O velho medo de levantar suspeita no trabalho começou a querer perturbá-la. O antídoto veio rápido: a imagem prateada de Mirella exausta e nua. Já amava Mirella, não podia mentir a si mesma. Já que qualquer escolha lhe traria perdas, preferiu escolher o risco, uma coragem nova embalando seu sono.

Mirella, por sua vez, teve uma noite difícil. Não conseguira dormir um minuto sequer, assustada e confusa. De um lado, lembranças daquele fim de semana aqueciam todo seu corpo, uma felicidade nova querendo tomá-la por inteiro, egoísta e dominadora. Por outro lado, um pavor furioso de tudo o que teria de enfrentar para poder viver um relacionamento não-convencional como esse.

Agitando-se na cama, Mirella virava de um lado para o outro, uma sucessão de pensamentos contraditórios roubava-lhe a calma. "Eu não sou homossexual. Eu fui casada, tenho filho. Essa loucura do fim de semana só aconteceu porque eu estou muito carente. Ana Maria é muito carinhosa, me fez sentir querida novamente."

Então a lembrança de Ana Maria trilhando caminhos inusitados por seu corpo, por seu prazer, assaltava-a subitamente, envolvendo seu corpo em sensações maravilhosas. Lembrava do toque sutil das mãos dela sobre seu corpo, o arrepio percorrendo novamente seus pêlos, o calor do desejo se reacendendo no seu peito. "Eu nunca tive tanto prazer assim, foi uma loucura! Como pode outra mulher me fazer sentir tão mulher? E depois do sexo, aquele carinho interminável, o aconchego que nunca experimentei na vida. Meu Deus, será que sou gay?"

Por alguns instantes, deixava-se levar por essa idéia, pensando como seria bom compartilhar sua vida e sua cama com Ana Maria, mulher forte e sensível, delicada e amorosa. Quando se imaginava dividindo seu dia-a-dia com ela, uma alegria inexplicável invadia seu peito, enchia-a de esperança. Então lhe vinha à mente a imagem de Daniel. Como poderia manter um relacionamento assim e não contar a seu filho? "Eu não posso mentir ao Dani, ele confia em mim. Mas não me vejo com coragem para falar para ele que eu estou namorando uma mulher. Não dá, é loucura!"

Pensava nas dificuldades que enfrentaria no trabalho, seria quase impossível não ficar à mercê de fofocas e maledicências. Todo carinho que tinha recebido à época da separação certamente se transformaria em troça, em piada de mau gosto. Lembrou-se, então, de sua irmã, Isabella, e do resto de sua família, com todas as suas tias e os seus tios insuportavelmente conservadores. Se ainda não aceitavam sua separação de João Marcos, imagine o que fariam se soubessem que ela estava "de caso com uma mulher". Claro que começariam um movimento para interná-la, julgando-a louca ou qualquer coisa do gênero.

Mas o pior de tudo era a lembrança de João Marcos, isso lhe causava terror. O medo que João Marcos já lhe evocava multiplicava-se e a enchia de um pânico incontrolável. Só conseguia pensar que João Marcos poderia tirar-lhe a guarda de Daniel, se soubesse.

Provavelmente ele a ameaçaria violentamente, se não a perseguisse sem tréguas. "Ele estava enlouquecido com a separação, imagine se descobre que me perdeu para uma mulher? Do jeito que ele está, é capaz de me matar! Ai, eu não posso."

Pela manhã, depois de horas de dúvida e sofrimento intenso, Mirella tomou uma decisão muito dura, que a fez chorar até deixar encharcado seu travesseiro, partida sua alma. "O melhor é romper logo, antes que a situação fuja do meu controle. Ana Maria vai sofrer, mas seria muito maior o sofrimento se eu lhe desse alguma esperança." O choro convulsivo que a tomou fazia com que seu corpo tremesse todo, enquanto soluços cortavam sua voz e sua alma. Sentia-se triste, de uma tristeza miserável e sufocante. Mas seu pânico era maior. "Daniel é minha família. Não posso perdê-lo, é tudo o que tenho." As lágrimas brotavam incessantemente de seus olhos vermelhos, como se viessem de uma fonte inesgotável. Sentiu sua alma cansada, salgada e triste. Um estado febril tomou-a, deixando-a prostrada. Tomara a decisão, agora precisava levá-la adiante sem dó nem piedade, mas sabia que não seria fácil.

Quando o despertador tocou, às seis da manhã, Mirella não tinha pregado olho. Sentia-se exausta e covarde. Não teria coragem de olhar Ana Maria nos olhos, não queria enfrentar a situação assim, vencida como estava. Chamou Lina, avisou-a de que estava com febre. Deu-lhe dinheiro para levar Daniel de táxi à escola e pediu-lhe que procurasse Ana Maria, a coordenadora pedagógica, para avisar que ela estava doente e não iria trabalhar. Quando o medo vinha apavorar, Mirella sabia como fugir.

Passou o dia prostrada, largada na cama, tentando esquecer toda a felicidade que encontrara no fim de semana. Pensou equivocadamente que poderia levar adiante aquela história, ousara viver uma aventura, mas talvez não estivesse preparada para se deparar com um sentimento tão profundo, um envolvimento completo.

Ana Maria recebeu o recado de Lina com muita apreensão. Imediatamente foi em busca de soluções para que os alunos não ficassem sem aula. Com a grade de horários na mão e a ajuda de Zé Eduardo, remanejou aulas, juntou turmas, fez um pequeno milagre e acertou a situação de forma satisfatória. Depois disso, enfiou-se em sua sala e não saiu até que a procurassem. Pressentia que havia algum problema maior do que uma gripe ou uma febre. Intuía que o dia ainda lhe traria alguma notícia amarga, indigesta. Ficou de prontidão, ansiosa.

Pegava o telefone, discava o número de Mirella, mas antes do último algarismo desligava o aparelho afoitamente. "Se ela está doente mesmo, não devo ligar, posso incomodá-la, ela está precisando descansar." Então, procurava dar conta de suas tarefas sem pensar, mas tudo lhe lembrava Mirella. Sensações boas faziam-na suspirar, o prazer do fim de semana ainda todo à flor da pele, sensível que estava para aquele amor novo e inesperado. E então uma angústia ainda pouco palpável vinha corroer-lhe a alegria, o medo do abandono ainda vivo e fresco em sua memória.

A segunda-feira foi muito longa e torturante para Ana Maria. Um misto de preocupação pela saúde de Mirella e de medo do que sua intuição lhe acenava quase não lhe deixou oportunidade para relembrar o fim de semana tão delicioso. Ao chegar em casa, no finalzinho da tarde, estava muito preocupada e resolveu ligar para Mirella. "Agora talvez ela já esteja mais descansada, espero que esteja melhor." Com o coração quase parado e o ar faltando, pegou o telefone, discou todos os números e aguardou, ansiosa.

– Alô?

– Mirella? É a Ana Maria. Você está melhor?

Mirella, que passara o dia todo na expectativa desse telefonema, ficou alguns instantes em silêncio, criando coragem de comunicar a Ana Maria o que vinha ruminando desde domingo, desde que se despediram.

– Oi, Ana Maria. Estou melhor, sim. Uma gripe me pegou de mau jeito e me derrubou.

Ana Maria pressentiu que ainda viria uma notícia ruim. Afinal, essa formalidade toda não combinava com tudo o que tinham vivido. Manteve o tom um pouco formal, tentando preparar-se para a desgraça, mas resolveu arriscar uma pitada de carinho.

– Que bom, fiquei muito preocupada com você hoje. E senti muitas saudades também.

Silêncio. Um silêncio de cortar a alma, longo e sofrido demais. Mirella tremia muito, mas não tinha mais febre. Resolveu falar logo tudo de uma vez, antes que o pânico emudecesse sua voz. Quando enfim conseguiu falar, sua voz saiu muito baixa, Ana Maria teve de fazer esforço para ouvir. E para acreditar.

– Eu queria que você não me levasse a mal, mas preciso te falar uma coisa. Eu queria te pedir que esqueça o que aconteceu entre nós no fim de semana, foi um equívoco. Desculpe-me, queria que fosse diferente, mas não é.

Novo silêncio. Alguns instantes se passaram e trouxeram lágrimas aos olhos de Ana Maria. Ela se controlou, respirou fundo, mas não deixou que Mirella percebesse que sua voz estava embargada. Seu orgulho a ajudou a recuperar a serenidade. Com coragem, replicou:

– É uma pena, Mirella, sem dúvida. Mas não se preocupe: já esqueci. Espero que você melhore logo, viu? Tchau.

Mirella e Ana Maria pousaram o telefone no gancho ao mesmo tempo. No mesmo instante, lágrimas banharam o rosto de Mirella e o de Ana Maria, uma dor funda tomando as duas mulheres. Mirella voltou a sentir febre alta e tremores pelo corpo: os cobertores não aqueciam sua alma. A dignidade de Ana Maria, a reação sóbria e altiva diante de um fora daquele tamanho deixaram-na ainda mais desesperada. Sua mente estava tranqüilizada, entendeu que não haveria cenas. Seu coração estava despedaçado, porém, porque intuiu que talvez não tivesse volta. "Melhor assim, mais fácil suportar."

Ana Maria encostou a cabeça no vidro gelado da sala de estar de seu apartamento e chorou dolorosamente. Apertava seu rosto com as mãos, desamparada. Olhava com tristeza para aquela sala que acolhera a promessa de amor que não se cumpriria e sentia-a vazia e sem vida, como seu coração. Tinha relutado tanto em reconhecer esse amor, tinha tentado se esquivar dele firmemente e, quando achava que ele a tinha vencido, o adeus prematuro e inesperado a trazia de volta para sua velha solidão. Ficou muito tempo com o rosto colado ao vidro molhado e frio, os olhos fechados. Quando os abriu, foi atingida por uma luz brilhante e fria como aço. Era a lua, ainda cheia, que parecia brincar com sua dor. Foi para seu quarto sem nem pensar em jantar, o estômago embolado, o coração amarfanhado. Sensação de fim de mundo, de ataque terrorista. Insuportável.

Os dias que se seguiram foram muito áridos. Ana Maria sentia a solidão lhe doendo mais do que nunca por ter ousado vislumbrar um novo amor e, em seguida, perceber que ele, mal nascera, já lhe escapulia ligeiro. Na escola, empregou a tática de desaparecer, supondo que não suportaria encontrar Mirella e a frieza do último telefonema. Não tão cedo.

Mirella estava cada dia mais confusa. Pensara que sentiria alívio ao desfazer seu engano, sua loucura. Entretanto, era com um misto de ansiedade e decepção que procurava por Ana Maria na sala dos professores e não encontrava. "Não que eu queira alguma coisa com ela", pensava. "Só queria saber se ela está bem. Afinal, Ana Maria é tão gentil e carinhosa." Sentia certa culpa, porque fora ela quem investira naquela aventura desastrada. "Deliciosa", pensou de repente, mas em seguida afastou esse pensamento inoportuno da cabeça.

Foi só na quinta-feira daquela semana que Mirella viu Ana Maria, mas, mesmo assim, só de relance. Ana Maria demorou-se um pouco mais para sair da sala dos professores antes do sinal do recreio, estava em reunião com duas estagiárias em sua sala e precisou de uma pasta que estava na estante comunitária. Por coincidência, Mirella havia liberado os alunos alguns minutos antes do horário e entrou de repente, deixando Ana Maria apreensiva e nervosa. Ao perceber que Mirella entrava, Ana Maria baixou a cabeça, os olhos sempre seguindo a ponta de seus sapatos. Cumprimentou-a sem olhá-la, a distância, e saiu em disparada, como uma prisioneira em fuga.

Ao chegar na porta da sua sala, Ana Maria sentia o coração dando violentas pancadas no seu peito, desajustado e covarde. Tentou fazer alguma coisa que a ajudasse a manter o controle sobre seus nervos, mas apenas esperou alguns instantes, recobrando o ritmo e a calma, então voltou para a reunião.

O encontro inesperado caiu fulminante sobre Ana Maria, deixando-a afundada numa tristeza dolorida que a acompanhou até o fim de semana. O sábado chegou com uma perspectiva sombria, pois teria todo o tempo livre, mas não se sentia disposta a procurar as amigas para sair. Também não sentia vontade de fazer compras ou arrumar a casa. Se dependesse dela, ficaria todo o tempo sob as cobertas, vendo TV para se distrair, já que não conseguia nem mesmo se concentrar em alguma leitura. O seu pensamento dava voltas e mais voltas, serpenteando até encontrar Mirella.

Com o controle remoto nas mãos, no final da tarde de sábado, Ana Maria já estava cansada de zapear e ver imagens desconexas se sucedendo freneticamente na tela. Não suportava, sobretudo, as cenas de amor. *Ando tão à flor da pele, qualquer beijo de novela me faz chorar...* Chorou, sensível, pensando na música de Zeca Baleiro, que parecia desvendar sua alma de forma genial.

Ainda tentando se recompor, ouviu o interfone tocando. Como não esperava ninguém, não sentiu vontade de atender. "Deve ser algum comunicado do condomínio", pensou, desanimada. Poucos minutos depois, a campainha tocou, estridente. "Nossa, que chateação. Não podem esperar um pouco com essa correspondência?" Pensou em não atender, mas resolveu acabar de vez com aquele incômodo. Ao segundo toque da campainha – "mas que porteiro chato!" –, gritou impaciente um "Já vai!" e procurou vestir-se rapidamente, colocando-se em condições aceitáveis para atender um estranho.

Abriu a porta aborrecida, com a mão meio estendida, já pronta para receber os tais envelopes. Com um susto, arregalou os olhos verdes, desentendida. Não era o zelador, era Rita.

– Não me convida para entrar?

– Nossa, Rita, que surpresa! Entra. Como você fez para subir, se eu não atendi o interfone?

– Falei ao porteiro que você estava me esperando, que o interfone devia estar quebrado. O coitado não me queria deixar entrar, mas você sabe que eu não desisto facilmente, né? Insisti tanto que ele ficou meio zonzo, acabou me deixando subir. Fiz mal?

"Fez mal, claro. Eu não queria rever você nesse estado lamentável em que estou", Ana Maria pensou, um pouco irritada. Mas logo relevou, afinal uma companhia lhe faria bem, mesmo sendo Rita. Já estava farta daquele tédio infindável.

– Claro que não, mas assim você pode comprometer o porteiro, obrigando-o a quebrar as regras.

– Bem, se você não o denunciar, acho que não haverá problemas. Você não pretende ferrar o coitado, né?

– Não, Rita, não pretendo. Ainda mais porque sei o quanto você pode tirar o juízo de alguém quando resolve querer algo. Você não mudou muito, pelo jeito.

Esse último comentário de Ana Maria continha um sarcasmo que Rita não entendeu, afinal parecia ter ficado tudo tão bem na última vez em que se viram. "Por que será que ela está tão ácida comigo?" Mas logo a dúvida se desfez:

– Vi você no *show* da Ana Carolina, lá no Ibirapuera.

– Ah... – Rita atrapalhou-se toda, confusa com a revelação inesperada. – Você me viu, é? Eu não te vi por lá. Onde você estava?

A tentativa de mudar o foco da conversa não teve efeito, Ana Maria não cairia mais em golpes tão pouco elaborados. Descarados, para falar a verdade.

– Estava bem pertinho de você, um pouco à sua frente, mais à esquerda do palco. Bonita a moça com quem você estava, quem era?

– Olha, eu não quero falar sobre isso. Era uma aventura boba, como sempre. Nada sério, nada especial.

– Ok, então não falamos sobre "isso". Que bons ventos a trazem?

Ana Maria mantinha o tom irônico, mas pensava mesmo era na ironia do destino. Rita sempre farejava o momento certo para procurá-la, coisa incrível. Bastava Ana Maria estar fragilizada, e surgia Rita, do nada, como por encanto. "O que será que ela quer desta vez?"

A noite caía lá fora com rapidez. Apesar de ser final de agosto, ainda inverno, fazia pouco frio. A penumbra que veio preenchendo o espaço entre elas criava uma atmosfera de sedução, propícia para intimidade. Ana Maria não se sentia disponível. Quebrou o encanto, erguendo-se rapidamente do sofá e acendendo a luz, enquanto fazia um comentário banal sobre a noite que despencara sem aviso prévio. Ofereceu um drinque, mais para preencher o silêncio do que pela vontade de agradar Rita. Sentia-se confusa, o tesão que sempre sentira diante de Rita parecia enfraquecido, pálido. Entregou a Rita um uísque à caubói, forte como ela gostava. Para si, apenas um copo de suco de laranja, daqueles de caixinha mesmo.

Rita tomou todo o uísque em apenas dois grandes goles. Ana Maria ficou em dúvida se oferecia mais. Chegou a fazer um gesto, sugerindo encher o copo novamente, mas Rita recusou, também com um gesto. A conversa andava a passos frouxos, truncada, gasta. Rita estava pouco à vontade, Ana Maria notara.

– Aninha, eu vim aqui hoje para te fazer um pedido – revelou, enfim, Rita.

– Um pedido? O que será? Não me deixe curiosa, fale logo.

– Eu vim te pedir uma chance.

– Como assim, uma chance? – Ana Maria fez-se de desentendida, procurando ganhar tempo.

– Eu sei que você talvez não acredite em mim, mas eu descobri que amo você mais do que tudo no mundo – Rita fez uma pausa de efeito e continuou em seguida. – Aninha, volta para mim?

O primeiro impacto a fez balançar, uma dúvida nascendo da sua solidão, da fragilidade em que se encontrava. Ana Maria sentiu uma alegria tênue tentando ganhar força dentro dela, mais porque aquele pedido fazia bem ao seu ego, ultimamente tão pouco orgulhoso. Pouco depois, a lembrança daquela noite que passara aguardando a amante de Rita sair de sua própria casa, mais uma série de imagens de Rita com outras mulheres – na boate, no parque, ao celular –, fizeram Ana Maria recobrar o senso. Saber que ela estava arrependida, humilhando-se por seu perdão, dava a Ana Maria a sensação de vitória. Sua alegria era por ter Rita nas mãos. Mais nada.

– Não posso. Não quero. Não confio mais em você. Estou muito cansada, basta.

– Mas... – Rita tentou ainda argumentar, mas um gesto firme de Ana Maria a fez calar-se.

– Deixe meu coração em paz. Eu não quero mais nada com você.

Rita esboçou uma reação, mas Ana Maria foi mais rápida. E incisiva:

– Não insista, Rita. Eu sei que você é persistente, mas dessa vez não vai adiantar. Como diz a música, podemos ser amigas simplesmente, coisas do amor nunca mais.

Rita percebeu que não adiantaria insistir. Julgara que Ana Maria seria sua novamente, não imaginara encontrar aquela negativa firme, peremptória. Resolveu partir, a dor de seu vexame lhe ardendo por dentro, como se tivesse uma lâmina atravessada na garganta. Saiu do apartamento de Ana Maria sem falar nem mais uma palavra, derrotada.

Ana Maria fechou a porta serenamente. Pensava que esse encontro talvez a deixasse perdida, em pânico, mas, ao contrário, sentia-se tranqüila. Surpreendeu-se com sua calma. Mais ainda com a segurança com que disse não. Olhou pela janela e notou a lua quase murcha, minguando. Como o amor que a aquecera por cinco anos minguava em seu coração.

11

Mirella, em sua casa, fechava os olhos e revia Ana Maria na sala dos professores passando por ela. De cabeça baixa e passos firmes, Ana Maria cruzara com ela sem a ver, a voz gelada murmurando um "Como vai?" protocolar e insosso. Mirella sentia novamente na pele o frio súbito que a fizera tremer, desamparada. Virara-se rapidamente, tentando interceptar Ana Maria, chegara mesmo a erguer o braço em direção a ela, mas deixou-o cair arrependida. "Ela está magoada demais."

Desde então, aquela imagem grudou-se nela, não a deixava mais. Bastava fechar os olhos e via Ana Maria meio espectral, como alma penada, povoando seu medo. Desde aquele momento, sentiu um vazio estendendo-se indefinidamente dentro dela. Sentira o chão fugir e ainda não recobrara o equilíbrio. Incômodo.

Ainda mais incômodas eram as lembranças daquela noite enluarada no apartamento. Mirella fazia um esforço brutal para apagar da memória o prazer que a tomara, absoluto e poderoso. Mas era perda de tempo. Ouvia, de dentro de si, a voz doce de Ana Maria repetindo: "*Mirella, eu te amo!*", e sentia que um nó formava-se em sua garganta. Não chorava mais, tinha esgotado suas lágrimas e suas forças.

Preocupava-se quando procurava um nome para aquela dor nova que sentia. Ela não sabia que saudades podiam doer tanto assim. Quando se dava conta de que Ana Maria estava fazendo falta em sua vida, apanhava o telefone. Rodava-o nas mãos, sem coragem, subitamente encabulada e temerosa. Desistia quase que imediatamente, pousando o fone no gancho. Então pensava em todos os seus medos novamente, exagerando-os o quanto conseguisse. Enfim, com um suspiro de alívio, tentava convencer-se de que fizera a escolha certa. Não fora aquela tristeza aguda insistindo, talvez até acreditasse.

Mirella se ressentia, sobretudo, da solidão do silêncio a que se viu condenada. Com quem poderia falar sobre toda essa loucura? Por mais que pensasse, não tinha ninguém com quem conversar. Suas melhores amigas, apesar de íntimas, não lhe inspiravam confiança para esse seu delicado segredo. Emudecia, mas restava aflita. Se sua decisão fosse realmente a mais correta, a angústia não teria terminado? Mirella permanecia confusa.

Em seu íntimo resistia uma esperança de que Ana Maria a procurasse, que reatasse a amizade que lhe era tão necessária, quase vital. Todo dia, pela manhã, perscrutava a sala dos professores com ansiedade, mas não a via. E não via mais nada, chateada e sem ânimo. Arrastava-se até a sala de aula, fazendo esforço para não largar tudo. Nunca o trabalho lhe pesara assim, sempre dera aulas com prazer, mas esses dias estavam sendo quase penosos. Foram necessárias quase três semanas para que Mirella se desse conta de que Ana Maria não ressurgiria na sua vida por encanto. Então resolveu tomar uma atitude.

Mirella encheu-se de coragem. Sem saber muito bem o que pretendia, nem o que a movia, telefonou para Ana Maria. Enquanto ouvia os longos toques de chamada, uma ansiedade agitava-a, devorando sua calma. Já ia desligar, desanimada, quando percebeu que a ligação se completava. Para sua frustração, a voz doce de Ana Maria vinha de uma gravação:

8007-6539. Você ligou para Ana Maria. Após o sinal do bip, deixe seu recado. Biiiiip.

– Ana Maria, aqui é a Mirella. Você pode me ligar?

Ao ouvir os recados, naquele sábado, Ana Maria ficou com a respiração suspensa. Fora apanhada de surpresa pelo recado de Mirella. Sentiu-se tentada a ligar imediatamente. O desejo viajava louco, insistindo que ela cedesse, mas o orgulho ferido foi mais forte. "Ligar para quê? Não tenho nada para conversar com ela." Respirou fundo e soltou o ar lentamente pela boca várias vezes. Sentou-se e esperou a calma voltar. Sentiu o ar novo circulando por seu cérebro, recuperou a clareza de seus pensamentos. O coração, entretanto, prosseguiu em sua disparada, indomável.

Desde que Mirella pedira-lhe que a esquecesse, Ana Maria vinha se esforçando bravamente para atendê-la. A tarefa era árdua, mas depois que conseguira dizer não para Rita, sentia-se mais forte, achava que não seria impossível. "É só questão de tempo", simplificava, como se os seus sentimentos pudessem atender àquela lógica cartesiana. O recado na secretária, entretanto, trouxera-lhe novamente o pânico. Deu-se conta de que ainda estava sob o domínio de um sentimento poderoso, muito embora tentasse se livrar dele com todas as suas forças.

O risco de atender um telefonema de Mirella começou a preocupá-la. Ana Maria temia, sobretudo, que a voz rouca de Mirella causasse estragos profundos em sua determinação. Para se proteger, decidiu que não seria surpreendida, a secretária eletrônica serviria de filtro, de escudo. "De agora em diante, não atendo mais telefonema nenhum."

Numa tentativa desesperada de fugir de si mesma, Ana Maria decidiu sair à noite. Ligou para alguns amigos, mas não encontrou companhia. Resolveu que não ficaria em casa, sairia naquela noite de qualquer jeito, ainda que fosse sozinha. Numa atitude inusitada, resolveu deixar o carro na garagem e sair de táxi.

No barzinho, um conjunto só de mulheres animava a noite. A música, de um popular beirando o brega, nem sempre era do agrado de Ana Maria, mas isso não fazia diferença. Sentada numa mesa de canto, ela observava sem muito entusiasmo as danças de acasalamento que ocorriam à sua volta. Notou que uma moça muito bonita aproveitava as distrações da sua namorada para paquerar outra garota que estava na mesa ao lado. Ana Maria sentiu uma irritação súbita, imaginando se Rita fizera isso com ela. "Com certeza ela fazia isso. E a otária aqui, apaixonada, nem desconfiava." Pediu um conhaque quase que imediatamente, tomou-o em poucos goles.

Não sentia interesse por ninguém e, se alguém a desejava, nem sequer conseguia perceber. Apenas observava, muito atenta, procurando decifrar comportamentos, gestos, personalidades. Muitas mulheres dançavam no centro do bar, numa pista improvisada. Algumas dançavam abraçadas com suas namoradas, outras aproveitavam o início de uma música para tirar outra para dançar, um jeito de flertar simpático, à moda antiga.

Ana Maria pediu outro conhaque. Não estava habituada a beber, mas lhe parecia impossível suportar aquele frio em seu peito sem um álcool forte. Já ao final da noite, tomou a terceira dose. Sentiu-se subitamente encorajada, levantou-se de repente e percebeu a zonzeira do conhaque virando-lhe a cabeça. Tirou uma mulher para dançar, não porque a achasse bonita ou interessante, mas porque não suportava mais a solidão bruta que a havia abatido. Com a voz meio pastosa, a língua enrolada, pediu:

– Vamos dançar essa música?

A moça aceitou, mas logo ficou constrangida, pois percebeu que Ana Maria estava mais embriagada do que podia supor. A dança foi quase cômica, Ana Maria perdia o ritmo, pisava torto, desajeitada. Assim que a música terminou, a moça desvencilhou-se gentilmente de Ana Maria, que voltou para seu canto sentindo-se ridícula. Ainda assim, Ana Maria ficou no bar até quase cinco horas da manhã, quando o tédio se tornou insuportavelmente forte e ela resolveu voltar para casa.

Desceu do táxi, cumprimentou o porteiro da noite forjando sobriedade e tomou o elevador. Com alguma dificuldade, conseguiu colocar a chave na fechadura, abriu a porta e entrou. Quando acordou, já passava de meio-dia. Ainda estava vestida com a roupa que saíra à noite. Dormira atravessada na cama, praticamente desmaiara.

A dor de cabeça aguda e a boca seca lembravam-na de que ela se excedera, que passara de seus limites. Ela, sempre tão séria e controlada, sentia-se miseravelmente abatida, sobretudo pela ressaca moral. Levantou com esforço, tomou um Engov com Coca-cola. "Meu Deus, o que estou fazendo comigo?"

Quando voltava para a cama, o telefone tocou. Ana Maria voltou-se, estendeu a mão para atender. Lembrou-se, entretanto, de sua decisão da véspera e recuou. Aguardou que o telefone parasse de gritar, sua cabeça latejando, pesada. A secretária atendeu:

8007-6539. Você ligou para Ana Maria. Após o sinal do bip, deixe seu recado. Biiiiip.

– Ana Maria, aqui é a Mirella novamente. Não sei se você recebeu meu recado... você pode ligar para minha casa? Meu telefone é 3999-6782. Um beijo.

Ana Maria sentiu-se deprimida, uma tristeza grudando-se em seu corpo, em sua calma. Decidiu que precisava de mais descanso. Ou de uma fuga mais eficiente. Tirou a roupa, enfiou-se debaixo das cobertas. Cobriu a cabeça com o lençol, fechou os olhos e chorou até dormir.

Quando Ana Maria acordou novamente, já passava de quatro da tarde. Fazia frio, o pedaço de céu que podia ver de sua janela estava cinza-chumbo, pesado como sua alma. O restante do domingo se arrastou dolorosamente. Pela primeira vez na vida, ficou muito feliz por ver um fim de semana terminar.

Mirella sentia uma angústia que mal sabia identificar. Imaginava que Ana Maria talvez tivesse viajado, por isso não retornava suas ligações. Voltara a procurá-la na segunda-feira pela manhã na sala dos professores, nos corredores do colégio, nas proximidades da sala dela. Não entendia bem o que estava fazendo, só sabia que algo a impelia para essa busca desatinada e cega. Mas infrutífera.

À noite, em casa, resolveu ligar novamente. De repente, perdera o senso, o orgulho, a vergonha. O desejo de falar com Ana Maria era mais forte do que qualquer consideração moral que pudesse fazer. Apanhou o telefone com avidez, uma esperança injustificada animando sua coragem.

8007-6539. Você ligou para Ana Maria. Após o sinal do bip, deixe seu recado. Biiiiip.

– Ana Maria, por favor, ligue para mim, é a Mirella. Preciso muito falar com você. Um beijo.

Quarta-feira, 11 de setembro.

8007-6539. Você ligou para Ana Maria. Após o sinal do bip, deixe seu recado. Biiiiip.

– Aninha? É a Mirella. Eu estou precisando muito falar com você, não sei se você está recebendo meus recados. Meu telefone é 3999-6782.

Quinta-feira, 12 de setembro.

8007-6539. Você ligou para Ana Maria. Após o sinal do bip. deixe seu recado. Biiiiip.

– Aninha? Mirella. Imagino que você esteja muito chateada comigo e sei que você tem razão, mas fala comigo pelo menos uma vez. Eu preciso muito conversar com você, liga para mim, por favor. Não seja tão dura comigo, Aninha. Estou com saudades. Meu telefone é 3999-6782.

Ana Maria, em sua sala, estava pensativa. Passara a sexta-feira toda se remoendo, uma raiva forte se alternando com uma ternura desmedida. *Eu preciso muito conversar com você.* Se, por um lado, não entendia a insistência de Mirella, por outro não conseguia controlar seu coração. *Não seja tão dura comigo, Aninha.* A voz de Mirella invadia sua calma, suas lembranças. *Estou com saudades.*

Arrumava-se lentamente para ir embora, aborrecida com a solidão que a aguardava para o fim de semana. Estava com a cabeça baixa, rabiscando qualquer coisa sobre sua mesa, protelando. De repente, a porta de sua sala se abriu, assustando-a: Mirella entrou sem bater, afoita, aflita.

– Aninha, me desculpe entrar assim sem bater, mas eu precisava falar com você.

O coração de Ana Maria disparou, enlouquecido. Sentia seu corpo tremer, surpreendida por aquele vendaval inesperado que invadia sua sala, sua vida. Fez um esforço sobre-humano para se conter, sem saber ainda o que dizer. Mesmo com a voz trêmula, procurou manter a pose e a sobriedade, sabe lá como.

– Entre, Mirella. Em que posso ajudá-la? Aconteceu algum problema? Sente-se.

Mirella entrou em estado de choque. Não sabia exatamente o que viera fazer ali. Obedecera a um impulso, um desejo furioso que a fizera invadir a sala de Ana Maria daquele jeito atabalhoado, como uma louca. Atendeu maquinalmente à ordem, sentou-se. Respirou fundo e falou rapidamente, engolindo as palavras, tropeçando em sua pressa.

– Não aconteceu nenhum problema. Eu... bem, é que... eu vim aqui para...

Ana Maria esperou, curiosa. Mirella socorreu-se de uma idéia que vinha despontando, mas ainda não chegara a formular claramente. Arriscou tudo.

– Bem, eu preciso conversar com você, mas percebi que você está me evitando. Queria te fazer um convite, quem sabe assim a gente consegue desfazer esse mal-estar. Você não quer ir comigo a Maresias nesse fim de semana? Assim a gente pode...

– Agradeço muito, Mirella – Ana Maria cortou rapidamente, com medo de sucumbir à tentação. – Mas marquei de sair com algumas amigas amanhã à noite, é impossível.

– Você tem certeza? – Mirella insistiu, desajeitada, mal acreditando no que estava fazendo. – Você não quer pensar com calma e me ligar mais tarde?

Ana Maria levou alguns instantes para responder. Em seu olhar, transparecia uma dúvida. Mirella pressentiu, mas não denunciou. Esperou.

– Muito obrigada mesmo, Mirella, mas tenho de declinar de seu convite. Talvez em outra oportunidade – Ana Maria retomou o tom gelado, distante. – Mais alguma coisa?

Mirella entreviu, por centésimos de segundo, que Ana Maria hesitara. Pressentiu que seu gesto tresloucado abrira uma brecha na armadura que Ana Maria vestia para se proteger. Despediu-se com mil pedidos de desculpas, não queria incomodar. Ana Maria dissera não, mas assim mesmo Mirella retivera uma esperança em seu coração. Era tênue e frágil, mas era uma esperança. Saiu da sala no mesmo furacão em que entrara, deixando Ana Maria largada numa zonzeira, a surpresa fazendo sérios estragos em sua calma.

A noite de sexta-feira se prolongava indefinidamente, obrigando Mirella a lidar com idéias confusas e sentimentos desconexos. A madrugada a encontrara desperta e assustada. Adiara a viagem para Maresias, só teria sentido ir para lá com Ana Maria, mas não se conformava em ficar a distância. A frieza de Ana Maria já não lhe parecia mais tão consistente. Fechava os olhos e revia o susto que seu gesto tresloucado causara nela.

De repente, uma idéia ainda mais maluca do que aquela da invasão acometeu-a. Ela se impressionou com seus próprios pensamentos e tentou rejeitá-los firmemente. Mas aos poucos a insônia foi tramando a ousadia, tecendo uma coragem que foi ganhando corpo pela madrugada afora. Mirella começou a esperar o sábado com ansiedade.

Durante o sábado, Ana Maria procurou retomar sua rotina de fazer muita coisa para nada pensar. Deu-se uma série de tarefas, as quais cumpriu com diligência. Não queria ficar sozinha, estava numa agitação absurda desde que Mirella invadira sua sala na véspera. Precisava fugir de tudo, fugir de si mesma. Uma série de pensamentos desencontrados insistiam em assombrá-la. Será que não teria sido dura demais, teimosa demais? Depois se ressentiu, teve raiva de Mirella. "Ela pensa que pode brincar comigo, mas não pode."

No começo da tarde, visitou Luísa e Laninha. Queria convidá-las para sair, mas desistiu. Elas estavam cansadas, se preparavam para mudar de casa e tinham passado o dia empacotando coisas e badulaques. Ana Maria, solidária como sempre, ajudou as amigas a desmontar móveis, embalar louças, empilhar caixas. Jogou muita coisa fora, coisa velha, empoeirada, que só tomava espaço.

Ela mesma entrou no clima de mudança: decidiu que havia muita coisa para jogar fora da sua vida, outras tantas para tirar a poeira. Era hora de mudar, de desarrumar tudo para fazer outro arranjo. Muito melhor.

Ana Maria voltou para casa mais animada. Telefonou para alguns amigos, mas não conseguiu companhia para sair. Um cansaço foi deixando seu corpo mole, sua vontade mole. Desanimou de sair, enfiou-se na cama. Ligou a TV, mas sua cabeça voou, enlouquecida, insistindo em Mirella. Ana Maria sentiu o tédio cercando-a vagarosamente, pespegando-se em seu corpo, em sua alma.

Resolveu não aceitar a depressão, imbuiu-se de uma determinação nova, reagiu. Decidiu sair, ir dançar. "As grandes mudanças começam pelos pequenos detalhes", filosofou. Tomou um banho muito demorado, arrumou-se com calma. Resolveu sair de carro, uma forma de se obrigar a manter o controle e não se exceder na bebida.

Chegou ao Café Vermont pouco antes da meia-noite. Com a música animada e a pista cheia, não parou de dançar. Não olhava para ninguém, espiava-se por dentro. Perscrutava sua alma em meio a uma viagem sensorial, sorvendo excessos de cheiros, toques, calor, luzes, som. Sentiu a adrenalina percorrendo suas veias, uma espécie de frenesi. De repente, porém, sentiu a necessidade de uma calma que combinasse com seu estado de espírito. Estava triste.

Foi para o balcão do andar de baixo, sentou-se assim que conseguiu uma vaga. Pediu uma cerveja. Bebeu devagar, espiando o entorno apenas de vez em quando. Entreviu uma mulher sentando-se ao seu lado, mas não se virou para vê-la. Percebeu que a mulher falava algo, oferecia uma bebida a ela. Olhou para o lado e levou um choque. Ana Maria sentiu o mundo girar. Estendeu a mão para tocá-la, como se para se certificar de que não estava alucinando.

Sentiu o calor do corpo, a suavidade da pele. Não era delírio: Mirella estava ali, ao seu lado, sorrindo para ela.

12

– Mirella? O que você está fazendo aqui?!

Com um ar safado, Mirella aproximou sua boca do ouvido de Ana Maria, falando alto para vencer o som que embalava a noite:

– Vim procurar você.

Com os olhos ainda arregalados, Ana Maria não conseguia esconder a surpresa. Nem a felicidade. Seu coração dava saltos impossíveis, atravessando o ritmo alucinado da música. Sentia as mãos geladas e a respiração entrecortada, como se fosse uma principiante. Sentia-se toda desencontrada, o espanto marcado em seus olhos.

– Mas... por quê? Como?

Mirella inclinou a cabeça um pouco para o lado e para trás. Sorriu com malícia. Bem lentamente, foi-se aproximando. Tocou a boca de Ana Maria com a sua, calando-a com um beijo suave. Fechou os olhos, ergueu os braços calmamente e, segurando o rosto de Ana Maria entre as mãos, entreabriu-lhe os lábios e roubou dela um beijo profundo. Depois, bem devagar, afastou-se delicadamente. Os seus olhos procuraram o olhar de Ana Maria e o aprisionaram em um brilho prateado. Ainda olhando bem dentro dos olhos de Ana Maria, falou-lhe carinhosamente ao ouvido.

– Porque descobri que não consigo mais viver sem você.

Ana Maria sentiu um calor forte subir por todo o seu corpo. Levantou-se e envolveu Mirella num abraço forte, a cabeça tombando sobre o ombro dela, os olhos muito fechados. Sentia o coração de Mirella batendo forte junto ao seu. Agarrava-se a ela com um desespero de quem sobreviveu a um terrível naufrágio. Frágil. Entregue.

Ficaram assim abraçadas por vários minutos. As lágrimas caíam dos olhos de Ana Maria e molhavam o rosto de Mirella. Ela, por sua vez, acariciava os cabelos de Ana Maria com suavidade e procurava, ternamente, enxugar-lhe as lágrimas. Como se estivessem em outra dimensão, não percebiam a confusão de corpos e de copos à sua volta.

– Que bom que você está aqui – Ana Maria murmurou entre soluços.

Mirella sorria e também chorava, envolvida pela magia daquele encontro. Sentia-se recompensada por sua ousadia, por ter-se rendido à maior loucura que já fizera na vida. Na verdade, sentia que a vida começara quase ali, enredada naquele exagero de felicidade.

Ana Maria foi a primeira a despertar do torpor delicioso que as envolvia. Tocou o rosto de Mirella com a ponta dos dedos, como se fosse preciso checar novamente que ela estava ali, que o sonho acontecia enquanto ela estava acordada. Beijou Mirella nas faces e sorriu.

– Vamos para meu apartamento?

– Vou para onde você quiser, Aninha. Para onde você quiser.

Saíram da boate de mãos dadas. Como se ainda houvesse o risco de se perderem uma da outra, fizeram tudo juntas, sem se desgrudar um instante. Deixaram o carro de Mirella no estacionamento. Ana Maria dirigiu seu carro quase todo o tempo segurando a mão de Mirella, num malabarismo doido e perigoso, como doida e perigosa é a vida. Praticamente não trocaram palavra durante todo o trajeto, apenas os olhos se devoravam sem parar, ávidos. Seus corpos se falavam, no silêncio, que enlouquecer de amor é quase viver mais uma vida.

No apartamento, vinho tinto em taças e os braços entrelaçados. À meia-luz, taças vazias e a leseira de uma leve embriaguez soltando os corpos e desfazendo armadilhas. Mirella sentara-se no sofá e Ana Maria, ao seu lado, soltava-se de seus medos. Deitou a cabeça no colo de Mirella, sentiu que os dedos dela em seus cabelos amoleciam suas pernas, seu coração. Ana Maria derretia-se num desejo quente. O ritmo da respiração acelerava-se gradualmente, denunciando que a chama leve ia crescendo em labaredas, o fogaréu vivo aceso em seus olhos.

Afundou seu rosto entre os seios de Mirella, provocando arrepios. A urgência do amor fez Mirella buscar a boca de Ana Maria com seus lábios molhados, as mãos perpetrando carícias antes impensadas, vadiando pelas reentrâncias, buscando entradas e segredos. Ana Maria deixou-se descobrir, entregando-se inteira, livre.

Um tesão fulminante trouxe a pressa, as roupas foram arrancadas sem-cerimônia. A intimidade do amor desabrochou em toques ao mesmo tempo impetuosos e delicados. A saliva marcou na pele o caminho e o sabor do desejo. Os pequenos lábios, os grandes lábios, o oco preenchido por dedos ágeis. A delícia que escorria quente pelas pernas, pêlos em fricção, dentes mordiscando orelhas, seios e lábios. Lambidas. Delírio.

O fogo no rastro do prazer. Frenesi e paixão. Fúria. Loucura, gemidos e tremores. Faísca, combustão, explosão. Gritos. Sussurros. Corpos exaustos em abandono. Um beijo longo selou o gozo das duas mulheres saciadas, suadas. Ana Maria e Mirella no chão, sobre o tapete, abandonavam-se nos braços uma da outra. Amor.

Ana Maria estava impressionada. Mirella decifrara segredos de seu corpo que ela própria desconhecia. Mirella, aninhada, repousava a cabeça nos ombros de Ana Maria, que lhe fazia carinhos nos cabelos e no rosto. Ana Maria sorria, apaziguada.

– Do que você está rindo?

– Não estou rindo, estou sorrindo – corrigiu Ana Maria. – Estava pensando que parece que você me conhece desde sempre.

– Isso me assusta, sabia?

– Assusta por quê?

– Porque o que acontece entre nós é muito louco, me sinto no olho de um furacão, no epicentro de um grande terremoto, sei lá – Mirella parecia tomada por uma forte emoção. – É muito intenso, não dá para fugir. É isso.

– Mas você já fugiu de mim, até me disse para esquecer – uma sombra cobriu os olhos de Ana Maria. – E se você resolver me abandonar de novo, o que eu faço?

– Aninha, eu queimei meus navios, não dá para voltar atrás. Imagino que o futuro ainda vai me trazer inquietações e dúvidas. Eu confesso que tinha medo de tudo isso, muito medo. Mas hoje eu sei que o meu maior medo é outro.

– Então do que você tem medo?

– De perder você.

Ana Maria fechou os olhos, emocionada. Não esperava uma declaração dessa, ainda mais porque a fuga de Mirella quase colocara tudo a perder. Pensou que esse medo era seu também, perder Mirella agora traria uma dor talvez insuportável.

– E eu quase perdi você de vez, né, Aninha?

– Tenho de te confessar que foi por um triz, Mirella. Por um triz.

– Você é dura na queda, mulher. Quando descobri que você ia sumir da minha vida assim, sem mais nem menos, quase enlouqueci. Você não ia me procurar nunca mais?

– Não, não ia. Eu não corro atrás de quem não me quer – Ana Maria respondeu com firmeza. – Eu sou muito orgulhosa. Não sei se é um defeito, mas eu não acho justo esmolar por migalhas de amor.

– Não acho que seja defeito, mas você foi dura demais comigo. Se eu não saísse como maluca te caçando pelos bares, tinha dançado de vez, né?

– Nossa, você fez uma loucura! Que idéia maluca foi essa?

– Quer mesmo saber? Então vou te contar.

Madrugada de sexta para sábado, por volta de duas da manhã. Os olhos verdes de Ana Maria brilham dentro dos olhos de Mirella, irremediavelmente pregados à insônia que torna a noite interminável. Mirella cede à ansiedade, levanta-se e vai até o escritório. Agitada, liga o computador e acessa a Internet. Em um site de busca, procura por bares gays de São Paulo. Encontra, em um site voltado ao público gay, uma lista de bares e boates. Seleciona todos os que são freqüentados preferencialmente por mulheres, na verdade uma pequena parte da lista.

Mirella não sabe direito o que fazer, mas sabe que vai à luta. Imprime a lista, olha os nomes, estuda a localização de cada estabelecimento. Apesar de não existirem tantas opções, ainda se sente perdida. Percebe o tamanho da sua loucura pelo papel que treme em suas mãos, mas não recua. Desta vez não.

Com uma ousadia que nem sonhava ter, entra na sala de bate-papo para lésbicas. A palavra lhe soa forte e causa incômodo, mas ela prossegue, resoluta. Escolhe um apelido, respira fundo e clica para entrar. Imagina rapidamente uma história qualquer. Inventa que vem de uma cidade do interior e está visitando a capital. Com um medo indefinível fazendo-a respirar fundo seguidas vezes, como se precisasse de fôlego, pede informações sobre os bares e as preferências das mulheres.

Mirella passa a madrugada conectada. Excitada. Sente-se estranha, um formigamento percorrendo suas entranhas, um tesão sutil mantendo sua respiração descompassada. Demora para conseguir dormir, tão agitada está. Acorda muito tarde no sábado, mal suporta a expectativa escavando seu medo. Medo.

A noite vem carregada de suspense. Mirella prepara-se com vagar, sentindo vez ou outra a realidade ameaçando sua coragem. "Isso é loucura. É impossível encontrar alguém no meio de uma multidão." Mas é justamente atrás do impossível que Mirella quer ir. Não tem volta.

Depois de um longo banho, ela escolhe cuidadosamente a sua roupa. Não fica em dúvida, sabe bem o que quer: encontrar Ana Maria. Deseja-se bela para ser desejada. "E se ela estiver com uma namorada? Ela falou que estaria com amigas, mas pode ser uma namorada. O que vou fazer?" Afasta a idéia do perigo, vive a fantasia. "É tudo ou nada, não tenho mais nada a perder." Assombra-se com tamanha determinação. Para quem viveu na redoma, para quem apostou na comodidade insatisfatória por tantos anos, Mirella mostra uma coragem absurda.

Olha-se no espelho, sente-se linda. O coração agita-se no seu peito quando pega seu roteiro. Seguindo as informações que obteve no chat, *dirige-se primeiro para a Vila Madalena. Sua primeira parada seria no Farol Madalena. Perde-se várias vezes pelas ruas tortuosas do bairro boêmio, leva mais de uma hora para encontrar a rua, o bar. Chega à rua, o pânico chega junto. Passa duas, três vezes de carro na frente do bar. Estaciona dois quarteirões adiante, numa precaução inútil. Tola.*

Sabe que o momento é delicado. Pode fugir como louca e então tudo estará perdido. Desce do carro e se prepara para enfrentar um reduto gay pela primeira vez na vida. Sente necessidade de um disfarce. Sente-se ridícula, mas não se importa. Veste um casaco preto muito longo, ergue a gola. Põe a echarpe no pescoço, cobrindo um pouco as orelhas. Anda muito devagar, como se caminhasse pelo tenebroso corredor da morte.

Na primeira vez, do outro lado da rua, passa reto, sem coragem nem de olhar para o bar. Na segunda vez, abaixa a cabeça e vai, decidida, direto para dentro. O bar está lotado. Ela entra sem pensar, desfazendo sutilmente no trajeto a preparação de instantes atrás. Tira o casaco, baixa a echarpe. Respira fundo e olha. Percebe que algumas mulheres olham para ela, ou curiosas ou com interesse. Sente a vergonha subindo até suas faces, que ficam quentes e vermelhas. Acha esquisito, mas ao mesmo tempo gosta. Certo enjôo obriga-a a parar, respirar.

Os garçons andam apressados de um lado para o outro. O clima é descontraído. Relaxa um pouco, controla o pânico. A cantora tem voz afinada e um repertório de MPB *que a agrada. Quando consegue um pouco de calma, de equilíbrio, perscruta todo o ambiente. Dá seu nome para a fila de espera, mas não faz nenhum pedido, o nervosismo apertando seu estômago sem piedade. Vai ao banheiro, olha as mesas do fundo. Sóbria e atenta, mantém-se vigilante. Olha e procura. Não acha. Cerca de uma hora depois, resolve partir para o próximo bar.*

Bar da Odete, alameda Itu, esquina com a rua da Consolação. Na porta, o estandarte multicolorido. Aprendera na Internet que a bandeira do arco-íris é o principal símbolo do movimento gay. Ainda sente um desconforto com as palavras, o dialeto de um mundo que não é seu. Ou não era. Dá várias voltas pelas redondezas, não por fuga, mas por que não encontra vaga para estacionar. Na região há uma série de bares GLS, *conforme soube no bate-papo. Vê muitos casais de rapazes e de garotas andando pela rua de mãos dadas, pequenos grupos de jovens conversando pelas esquinas. Desiste de procurar uma vaga para o carro, pára em um estacionamento.*

Caminha para o bar apressadamente, desta vez procurando o refúgio das quatro paredes. As ruas são bem iluminadas, sente-se mais exposta. Entra rapidamente no bar. O ambiente é bonito, pequeno e aconchegante. Olha as mesas com atenção. Surpreende-se quando recebe de uma mulher um bilhete: um número de telefone anotado às pressas e um nome. Põe a mão no bolso do casaco para guardá-lo, mas deixa-o entre os dedos, amassando-o e desamassando-o sem parar.

Vai para o andar de cima, a animação fica por conta do karaokê. Sente uma irritação súbita com uma voz desafinada que insiste em torturar seus ouvidos. Arma-se de paciência. Domina com dificuldade sua falta de jeito, sua sensação de não pertencer. Aos poucos, seus ombros duros vão se soltando, relaxa um pouco. Permite-se.

Olha para as mesas com muita atenção. O bar está cheio, vira a cabeça de um lado para o outro, tentando driblar os obstáculos com agilidade. De repente, seu coração dispara. Entrevê Ana Maria de costas, sentada à mesa do canto. Procura postar-se numa posição mais favorável. Um pânico violento toma conta de Mirella: Ana Maria está acompanhada. Uma vontade de fugir, de desistir de tudo. De tudo. Respira fundo. Resolve que vai até o fim. Aproxima-se vagarosamente, juntando coragem para uma abordagem já sem sentido. Quando Mirella está bem perto da mesa, a outra vira-se de repente. Primeiro, o choque. Depois, o alívio. A mulher que segurava carinhosamente a mão da loira ao seu lado não era Ana Maria. Nem mesmo se parecia com ela. Delírio bom porque desfeito.

Mirella ainda sente o corpo mole do susto, a adrenalina viajando de volta a seu nível normal. Pernas bambas, mãos trêmulas. Pede licença para apoiar-se na parede, encosta, respira. Refaz-se do susto e reaviva a esperança. Olha e circula por mais alguns minutos, resolve partir. À porta do Bar da Odete, resolve mudar seu roteiro. Aproveita que está por perto para fazer um giro pelos bares mais próximos. Espia rapidamente pelas mesas, nas calçadas, nos balcões. O percurso dura pouco mais de quinze, vinte minutos. Vai para o estacionamento. Respira fundo, liga o carro e parte. Próxima parada: Café Vermont, rua Pedroso Alvarenga, Itaim, uma região com vida noturna das mais agitadas da cidade.

Recebe uma comanda na porta, onde perguntam seu nome. Hesita alguns segundos, mas fala a verdade. Entra no bar e vê à frente um balcão e algumas pessoas pedindo drinques. Pede uma Marguerita, precisa apagar dentro de si o rastro do susto que levara. Impressiona-se com a beleza e o charme do lugar e das pessoas, nota que há muitas garotas bonitas circulando pela área aberta em frente ao bar. Vê escadas mais adiante, para além das mesas. Resolve verificar, intrigada.

Sobe com dificuldade, a casa está lotada. Depara-se com uma pequena pista de dança. Fumaça de gelo seco, muita gente dançando ao som da música dance*, o que a deixa tonta, perdida. Percebe a dimensão da sua loucura quando se dá conta de que sua missão é mais do que impossível. Deixa-se ficar a um canto, olhando com atenção, mas sem esperança. Pouco mais de meia hora é o suficiente para levá-la ao desânimo total. Resolve desistir e voltar para casa. Uma tristeza misturada com um sensação de ter feito papel de boba. Ingênua. O mundo não é tão pequeno quanto dizem.*

Precisa de mais um drinque. Volta ao bar do andar de baixo meio cabisbaixa, derrotada. Mete-se entre as pessoas que aguardam para serem atendidas no bar. Tem uma sensação esquisita, sente que alucina novamente ao ver Ana Maria sentada ao balcão. Olha de novo para se certificar de que não pode mais confiar em seus olhos. A emoção desfaz seu senso, embaralha seus sentidos.

Sente seu corpo dobrar-se, quase um desmaio. As pernas amolecem totalmente, o peito arrebentando com as batidas desenfreadas do coração. Não é alucinação. Ana Maria está a poucos metros, cabeça baixa, segurando uma pequena garrafa de cerveja. O mundo se transmuda, a vida ganha sentido novamente. Nervosa, excitada, mas feliz, toma a Marguerita de um gole. Enche-se de coragem. Aproxima-se de Ana Maria, ainda sem saber o que fazer. De repente, um lugar vaga bem ao lado dela. Senta-se rapidamente, percebendo que ela ainda não a viu. Imitando uma cena recorrente de filmes de segunda categoria, aproxima-se dela e arrisca:

– Posso te pagar uma bebida?

Ana Maria tinha escutado tudo atentamente. Sentia uma emoção violenta rasgando seu peito. Não conseguiu se conter e chorou silenciosamente. Depois, virou-se bem devagar. Olhando Mirella bem no fundo dos olhos, ficou muito séria de repente.

– Mirella?

– Hum?

– Eu amo você!

Mirella sorriu, sentindo uma ternura invadir seu peito. Puxou Ana Maria para perto de si, abraçando-a com força. Torcia para que seu corpo todo pudesse dizer o que sua voz, ainda covarde, não sabia falar. Aquele amor, poderoso a ponto de fazê-la enveredar por loucuras inimagináveis, ainda lhe causava assombro.

Foi com um beijo ardente que Mirella selou sua confissão muda.

13

O domingo despertou Mirella com um susto. O celular tocou antes das nove da manhã. Mirella saltou da cama, ainda sonolenta, os olhos mal conseguiam ficar abertos. Não sabia onde estava sua bolsa, mas foi tateando pela sala, confusa. Tropeçou nas roupas largadas pela sala, derrubou a garrafa de vinho vazia no tapete. Quando Mirella achou, enfim, sua bolsa, o celular parou de tocar.

Um pouco nervosa, pegou o aparelho para verificar de onde partira a chamada. Levou um choque: a ligação era de João Marcos. Preocupada com Daniel, que passava o fim de semana com o pai, tentou ligar do celular, mas a bateria acabou em seguida.

Ana Maria chegava na sala naquele momento, ainda sonolenta e, além de tudo, estava confusa com aquela agitação. Mirella voltou-se para ela, o olhar denunciando sua preocupação:

– Aninha, era o João Marcos. Será que aconteceu alguma coisa ao Daniel? Quando ele foi para a casa do pai, ontem, estava meio resfriadinho. Será que ele piorou? Droga de celular, também tinha de acabar a bateria logo agora!

– Liga para ele do meu telefone, assim você tira a dúvida logo. Se for alguma coisa mais séria, você já toma as providências necessárias. Se não for, você fica tranqüila.

– Claro.

A voz de Mirella guardava certa hesitação, deixando transparecer que o pragmatismo de Ana Maria nem sempre dava conta de seus sentimentos. Era evidente que ela devia ligar, claro. Mas falar com João Marcos logo naquela manhã, depois de ter se permitido enlouquecer e ousar, fazia uma sombra pairar sobre sua calma.

Suas mãos tremiam levemente quando pegou o telefone, mas Ana Maria não notou. Automaticamente, Mirella levou a mão que estava livre para a boca, os dentes roendo ansiosamente a unha do dedo indicador. Encostou-se à parede, aguardando aflita. Cada toque do telefone aproximava-a ainda mais de seu medo.

– João? Você me ligou?

– Oi, Mirella. Liguei para casa, mas ninguém atendeu. Então resolvi ligar para seu celular. Eu liguei ontem à noite também, você não estava. Você não dormiu em casa?

Mirella sentiu uma falta de ar no peito. *Liguei para casa.* João Marcos ainda se sentia casado, dono. *Você não dormiu em casa?* Resolveu ignorar a invasão de sua privacidade, não queria briga, queria saber de Daniel.

– Aconteceu alguma coisa ao Daniel? Ele ficou doente?

– Ontem ele teve uma febre baixa e eu queria saber quantas gotas de Novalgina você costuma dar a ele. Acabei ligando para Isabella. Ela também estranhou que você não estivesse em casa tão tarde, já era quase meia-noite.

Mirella sentiu o peso do controle. As hordas inimigas se preparavam para a tomada de seu território. Paranóia delirante? Manteve sua estratégia de fuga, contornou mais uma vez a provocação. Delicado jogo de xadrez.

– Quantas gotas ele tomou? Ele ainda está com febre? Piorou?

– Isabella não tinha certeza, mas achava que eram vinte gotas. Ele está bem agora, a febre passou. Ele dormiu bem, acordou novo.

– E você me ligou para?

– Bem, pensei que faria bem para ele se a gente fizesse alguma coisa junto, como nos velhos tempos. Você não quer almoçar conosco? Poderíamos ir àquele restaurante português que você adora. Que tal?

Pânico. Como neutralizar a chantagem emocional sem despertar a fúria? Mirella pensou rápido, se enrolou, mas arriscou uma neutralidade forçada:

– Não, João, eu não posso. Muito obrigada pelo convite, mas não será possível.

– Não é por mim, Mirella. É pelo Daniel.

– Se ele já está bem, não há necessidade de a gente criar uma fantasia que só vai deixá-lo ansioso. É bom ele se acostumar com a nova realidade, você não acha?

– Bem, você é quem sabe. Eu fiz a minha parte.

João Marcos desligou abruptamente. Mirella pôs o telefone no gancho e soltou seu corpo, deixando-se cair sobre o sofá. Levou a cabeça para trás, fechou os olhos e suspirou muito fundo, tentando conter o medo que a tomava. De repente, uma desesperança se alojou nela. Nunca mais ficaria em paz? Nunca mais poderia ser feliz? Começou a chorar em silêncio, as lágrimas correndo sem parar. Sem mais se conter, abraçou-se à Ana Maria, que se aproximava carinhosamente, protetora. Ficaram assim abraçadas por muito tempo, os soluços de Mirella cortando o coração de Ana Maria.

Quando recobrou um pouco de calma, Mirella contou Ana Maria o que acontecera. Ana Maria consolou-a, paciente e com uma ternura infinita.

– Tenha paciência. Procure, acima de tudo, manter a calma. Eu entendo seu medo. Procure pensar que tudo está muito recente e você ainda vai ter de enfrentar algumas tormentas, mas, se você tiver paciência, as coisas irão se acomodar e, com o tempo, se resolverão de vez. Tem uma frase meio bobinha, mas que eu adoro, especialmente quando estou numa situação difícil e não vejo a luz no fim do túnel. É assim: "Tudo sempre acaba bem. Se não está bem, é porque ainda não acabou". E acaba, pode ter certeza – Ana Maria lembrou-se vagamente de Rita e sorriu.

Mirella sorriu também, quase aliviada. Cada vez sentia-se mais à vontade com Ana Maria, mais acolhida. Respirou fundo, deixou que Ana Maria lhe enxugasse as lágrimas, enquanto beijava suavemente seu rosto.

– Aninha, você pode me levar agora? Eu estou aflita com tudo isso, queria pegar meu carro no estacionamento e ficar em casa. Sei lá, acho que vou ficar menos vulnerável se eu estiver lá.

Ana Maria ficou triste, umas saudades antecipadas corroendo-lhe a delícia do domingo. Entendia o momento delicado por que Mirella passava, mas não deixou de pensar que, voltando para casa, ela permitia que João Marcos vencesse aquela batalha. Calou-se, porém. Sabia que naquele momento Mirella não precisava que a realidade ficasse mais dura do que já era. Abraçou-a com ainda maior ternura, aconchegando-a em seu peito.

– Claro que te levo, vamos nos arrumar e já te deixo lá.

Em silêncio, Mirella e Ana Maria começaram a se arrumar. Mirella sentia uma tristeza forte por envolver Ana Maria naquele turbilhão que estava atingindo sua vida. Mais do que isso, entristecia-a ter de deixar a companhia dela tão prematuramente. O domingo, que se anunciava tão doce, de repente se tornara amargo como fel. Sacudindo a cabeça, pensou que nada daquilo era justo, que não era direito abrir mão mais uma vez de suas coisas, de seu prazer. Apesar do medo, arriscou uma solução intermediária, cansada de perder:

– Queria te pedir uma coisa, se você não se importar.

Ana Maria ficou apreensiva. "Lá vem bomba", pensou aflita. Lembrou-se da fuga de Mirella, do medo, de toda dor por que passaram. Preparou-se para ouvir o pior, mas não estava resignada.

– Você pode ir para minha casa comigo? A gente pode almoçar e passar a tarde juntas, assim a gente não estraga nosso domingo de vez. O que você acha?

Ana Maria sorriu, aliviada. Respirou mais fundo, recuperando o ar, o senso. Ficou meio preocupada, porém, se aquele convite de Mirella se sustentaria, se ela não entraria em pânico. Resolveu checar:

– Você tem certeza? Não vai ser complicado para você?

– Aninha, vai ser muito mais complicado se eu ficar sem você hoje. Você pode voltar para cá no finalzinho da tarde, antes de o Dani chegar. A gente tem quase o dia inteiro para ficar juntas, não quero desperdiçar essa chance. Vamos?

O olhar súplice de Mirella e aquela declaração inesperada fizeram Ana Maria sentir-se feliz, apesar de tudo. Resolveu que estava na sua vez de ousar, de se arriscar. Sorriu, apaziguada.

Depois de apanhar o carro de Mirella no estacionamento no Itaim, foram em dois carros para o Morumbi. Mirella dirigia tensa, confusa com tudo o que estava acontecendo em sua vida. De um lado, a sombra de João Marcos trazendo de volta o pânico, a covardia. De outro, a força e o carinho de Ana Maria fazendo-a experimentar um amor que nunca imaginara possível em sua vida. E que a fazia correr riscos. "Acho que perdi o juízo", pensou, "mas é a melhor coisa que podia ter me acontecido!"

Ana Maria também estava confusa. Em seu carro, ligou o rádio e pôs a música bem alto, cantando junto com todas as suas forças. Queria espantar os bichos. Queria achar uma certeza em algum lugar. Tinha uma porção de dúvidas, mas algo mais forte a impelia. "Meus Deus, olha onde eu estou amarrando meu burro", divertiu-se. "Ou estou entrando na maior fria da minha vida", ponderou, "ou vou ser a pessoa mais feliz do mundo!" E ela sabia: já não tinha escolha.

Tomaram café da manhã juntas numa padaria muito grande que havia na avenida Giovanni Gronchi, no caminho da casa de Mirella. Quando chegaram lá, deitaram-se juntas na cama quase que imediatamente. Mirella aninhou-se nos braços de Ana Maria. Sentia-se protegida, forte. Não havia agora o tesão aflorando, mas aquela necessidade de estar perto, de fazer carinho e conversar.

Ficaram horas falando da vida, compartilhando histórias e construindo a intimidade. Esqueceram-se do almoço, esqueceram-se da vida. No meio da tarde, o telefone tocou, assustando-as. Mirella ergueu-se abruptamente, chegou perto do telefone, mas não sabia se devia atender ou não, o medo de contaminar aquele momento com a loucura alheia. Por outro lado, havia a preocupação com a saúde de Daniel, então ela resolveu atender, mesmo muito aflita.

– Alô?

– Mirella, aqui é o Marcelo. Lembra de mim?

Ao mesmo tempo que se sentiu aliviada, Mirella tentou, inconscientemente, proteger Ana Maria da conversa. As cenas daquela noite no *single bar* e no motel imediatamente vieram à sua mente. Enquanto falava, levantou-se da cama, apanhou o telefone sem fio, virou-se de costas para Ana Maria e saiu do quarto procurando falar baixo, disfarçar.

– Oi, Marcelo, tudo bem?

Ana Maria percebeu a manobra. Um estranhamento misturado com uma ponta de ciúmes deixou-a tensa. Sem querer, ficou ainda mais atenta à conversa, tentando decodificar sinais, entender se a suavidade da fala tinha algum significado a mais.

– O que você vai fazer hoje à noite, Mirella? Não quer pegar um cinema comigo? A gente podia sair para jantar depois, bater um papo.

– Obrigada, Marcelo, você é muito gentil, mas hoje eu não posso.

– Mirella, eu quero muito reencontrar você. Eu penso em você o tempo todo. Vamos nos ver?

Sem saber como lidar com aquela abordagem tão direta, Mirella só pensava em fugir, mas não queria ser indelicada. Marcelo tinha sido sempre gentil, carinhoso, não merecia uma grosseria qualquer como desculpa. Resolveu adiar o problema, teria mais tempo para resolvê-lo depois.

– Me liga outro dia, estou de saída agora, meu filho está adoentado e vou levá-lo ao pronto-socorro.

Uma mentira definitiva. Pelo menos a pouparia de ter de argumentar, de inventar mais desculpas esfarrapadas: ninguém discute quando se trata de criança doente. Desligou o telefone e voltou para o quarto. Pressentiu a tensão de Ana Maria ao ver-lhe o maxilar apertado, a feição carregada. Apressou-se em justificar-se.

– Ana, não é nada disso que você está pensando. O Marcelo...

Ana Maria cortou-a imediatamente:

– Mirella, eu não quero saber nada sobre o Marcelo. Você não me deve satisfação nenhuma, por favor.

– Mas eu quero explicar. Eu não quero que você pense alguma coisa errada. Eu...

– Em primeiro lugar – Ana Maria cortou-a novamente –, a gente não tem nenhum compromisso. E eu não quero ter ciúmes do seu passado, é loucura demais para mim. Depois, eu sempre prefiro relacionamentos abertos, sabe?

No fundo, Ana Maria sentia a lâmina fina dos ciúmes penetrando sua alma, uma dor aguda se espraiando por dentro dela. Mesmo assim, ela achava que o ciúme era um problema dela, que ela mesma tinha de resolver consigo.

– Como seria para você um relacionamento aberto?

– Eu acho que cada pessoa tem de ter liberdade de sair com quem quiser, que o amor não pode ser coleira do tesão, sabe? Bom, mas deixa para lá. É cedo para pensar em tudo isso, a gente nem namorando está.

– Não?!

Ana Maria se surpreendeu com a decepção de Mirella. Não adivinhara que Mirella tinha de estar profundamente envolvida naquela história para ter feito tantas loucuras, a ponto de caçá-la pela noite. *De noite eu rondo a cidade a te procurar...*

– Bom, que eu saiba, você não me pediu em namoro... – Ana Maria brincou, desanuviando um pouco a tensão que caíra sobre elas.

– Não seja por isso – Mirella rebateu imediatamente. – Quer namorar comigo?

– Nossa, Mirella, você está me surpreendendo. Não esperava por isso. Que ousada!

Ana Maria procurava brincar, fingindo uma descontração que de fato não existia. Na verdade, estava ansiosa. Tudo o que ela queria era acreditar, era dizer sim. Mas... e se Mirella fugisse novamente? A decepção seria muito maior.

– Você não me respondeu ainda. Quer namorar comigo?

Mirella assustava-se mais uma vez com sua própria determinação. Uma firmeza, uma força ainda desconhecida para ela obrigava-a a ir em frente, a assumir todos os riscos, enlouquecendo definitivamente por aquele amor. Olhou bem dentro dos olhos de Ana Maria, impedindo-a de desviar o olhar e mostrando que queria uma resposta. Agora.

Ana Maria fechou os olhos. Respirou fundo, passou as mãos sobre o rosto como se quisesse despertar. Abriu novamente os olhos, bem devagar. Os olhos de Mirella faiscavam prateados à espera. Procurando não pensar, pois a razão lhe ofuscaria a coragem, Ana Maria respondeu:

– Eu quero namorar você! Para falar a verdade, é tudo o que quero.

Mirella não deixou que Ana Maria continuasse falando. Selou a resposta dela com um beijo quente, profundo. *Queimei meus navios, não tem volta.* O silêncio se fazia necessário, os corpos se entendiam perfeitamente bem sem as palavras. Um abraço forte prendeu-as por muito tempo, os olhos bem fechados estendiam o amor para todo o universo. O tesão explodiu dentro delas, levando-as a buscar a confirmação nos arrepios e gemidos que desaguaram num gozo prolongado, intenso. Mágico.

Depois do amor, Mirella ainda ficou por muito tempo enroscada nos braços de Ana Maria. Acariciava-lhe os cabelos encaracolados, olhava para seu corpo nu com o prazer da descoberta. Permitiu-se ver a beleza de Ana Maria pela primeira vez, enfeitiçada.

– Aninha? – chamou carinhosamente.

– Hum?

– Posso te pedir uma coisa?

– Pode falar, o que é?

– Você não vai ficar brava comigo?

– Bem, primeiro você vai ter de falar para eu saber. Arrisca-se? – brincou Ana Maria.

– Não tenho outra alternativa, né?

– Acho que não.

– Será que a gente podia esperar um pouco para ter um relacionamento aberto? Eu ainda estou muito confusa com tudo o que está me acontecendo, é novidade demais. Acho que ainda não estou segura o suficiente para encarar isso. Você acha ruim?

Ana Maria sorriu. Não seria nenhum sacrifício, com certeza não.

– Claro que não acho ruim, sua bobinha. Prometo que, quando isso me incomodar, eu volto a falar sobre o assunto, está bem assim?

– Combinadíssimo!

Ana Maria deixou a casa de Mirella logo que começou a escurecer. Levava em seu coração uma alegria espantosa, o mundo lhe parecia todo novo agora. Olhou para cima e viu uma lua crescente brilhando, prateada.

Não pôde deixar de se emocionar quando pensou que até o universo sorria para esse novo amor.

14

A fase que então se iniciou na vida de Mirella e Ana Maria trouxe as delícias e as agruras de um namoro novo. Como qualquer casal apaixonado, elas procuravam ficar juntas o maior tempo possível. Nenhuma das duas tinha vontade de encontrar amigos, de sair para dançar ou fazer qualquer programa que pudesse roubar-lhes minutos que fossem de intimidade.

Mirella oscilava da paixão total à dúvida insana. Sobretudo por causa de Daniel, ela exigia de Ana Maria uma discrição quase paranóica. Como o medo de se expor e de correr riscos era mais do que compreensível, Ana Maria dispunha-se a acalentar uma paciência infinita e procurava evitar cobranças que pudessem fazer Mirella se sentir pressionada. Para Ana Maria, existia um tempo de semear a coragem para só depois colher liberdade. Assim, apoiava Mirella sempre, ajudando-a a tentar superar seus medos.

De olhos fechados, com a cabeça deitada no colo de Ana Maria, Mirella contava a ela uma cena inusitada que lhe causara certo estranhamento. Um mal-estar a incomodava ao lembrar-se:

– Mamãe, acho que vou ganhar um cachorro.

– Papai te prometeu um cachorro?

– É, ele disse que vai me dar um, eu posso escolher.

– Mas seu pai nunca quis animais em casa – inquieta-se Mirella, suspeitando que João Marcos fazia um jogo de sedução sem escrúpulos. – Por que será que ele mudou de idéia?

– Bom, papai disse que se eu fizer um favor para ele eu ganho um cachorro.

– E você vai fazer?

– Hum, hum – assente Daniel, cara de maroto.

– Que favor misterioso é esse?

– Ah, não posso contar, é segredo.

– É mesmo? Então por que você começou? Isso é maldade, vou ficar curiosa.

– Bom, é que eu preciso da sua ajuda. Você pode me responder uma pergunta? É só para eu ter certeza.

– Se eu souber. Diga lá, o que você quer saber?

– Você está namorando, mãe?

Mirella leva um susto. Não quer mentir, mas não se sente preparada para lidar com o assunto. Sente-se presa numa armadilha engenhosa. João Marcos mostrava-se cada vez mais ardiloso. Mas ela também tem jogo de cintura:

– Você tem de bancar o detetive para merecer o cachorro, é? É essa sua missão, descobrir se eu tenho um namorado?

Daniel começa a rir, ar safado, malandro.

– Não posso contar, é segredo, esqueceu?

– Não esqueci nada, seu safado. Mamãe não tem um namorado, pode ficar tranqüilo.

Respira aliviada, mas incomoda-se ao perceber que João Marcos não dá trégua e vai tentando apertar o cerco. "Um dia talvez as coisas se tornem perigosas", assusta-se. Mirella entrevê uma oportunidade, aproveita. Escolhe cuidadosamente as palavras:

– E se eu namorar alguém?

– Ah, não sei – desconversa Daniel. – Que nome eu vou dar para o meu cachorro? Me ajuda a escolher.

Mirella entende o recado, vira cúmplice:

– Que tal Pafúncia?

– Aninha, será que um dia o Daniel poderá entender o que está acontecendo conosco?

– Claro que pode, depende de você. As crianças não nascem com preconceitos, sabia? Se você lidar naturalmente com isso, ele também o fará. Por outro lado, se você ficar cheia de medos e encucações, ele vai decodificar sua mensagem e julgar que nosso relacionamento é errado, é feio.

– Mas eu acho que é esquisito ele saber que a mãe namora uma mulher. Ele pode ficar traumatizado, não pode?

– Pergunte ao Chicão se ele ficou traumatizado.

– Que Chicão, Aninha?

– O filho da Cássia Eller, ué. Ele sempre teve duas mães e elas sempre lidaram com isso naturalmente. Agora que a Cássia morreu, o Chicão só quer saber da Eugênia. Não parece que ele tinha problemas com isso, não.

– Isso lá é verdade. Mas eu não sei se vou ter coragem. Você deve me achar uma tonta, né?

– Não acho, não. Eu acho que você ainda precisa de tempo para nosso relacionamento amadurecer, para que você possa lidar bem com essa situação nova. É normal, é difícil mesmo. Eu ainda me lembro como eu me achava um ET quando me descobri, me achava a pessoa mais estranha do mundo. Mas aos poucos eu fui assumindo para mim mesma que se trata apenas de uma forma diferente de amar, que não traz prejuízo para ninguém. Se eu sou feliz assim, quem tem de se meter na minha vida?

– Eu ainda estou engatinhando nessa história, ainda acho tudo diferente, tenho muita dúvida. Isso me excita, às vezes, mas também traz um medo muito grande. E no meu caso tem um agravante: João Marcos.

– Bem, isso é verdade, você precisa de mais cautela mesmo. Mas se você tem dúvidas... desistir passa pela sua cabeça?

– Não, não e não! Definitivamente não. Eu te adoro, tudo o que eu quero é estar com você. Isso não está em questão. Eu só preciso que você tenha muita paciência comigo e continue me ajudando. Eu tenho vontade de enfrentar meus medos, acho que isso já é uma enorme vantagem.

– Não tenha dúvida! E você sabe que pode contar comigo sempre.

Ana Maria era uma grande força para Mirella assimilar a nova situação por que passava na vida. A coragem dela, a naturalidade e a tranqüilidade com que vivia o relacionamento faziam Mirella se fortalecer aos poucos. Mas Ana Maria também tinha seu ponto fraco, seu calcanhar de Aquiles: o trabalho.

Na escola, apavorava-se com a possibilidade de alguém descobri-las e, conseqüentemente, serem discriminadas de alguma forma. Na verdade, não havia indício de que algo assim pudesse acontecer. A escola não era superliberal, mas não chegava a ser conservadora. Mesmo assim, evitavam ao máximo serem vistas juntas no ambiente de trabalho. Mirella angustiava-se porque Daniel estudava na mesma escola, não queria que fosse alvo da maldade alheia. Ana Maria preocupava-se em preservar sua privacidade, imaginava que as pessoas invadiriam sua vida com uma curiosidade pouco saudável.

Ana Maria tinha certeza de que um casal apaixonado não consegue disfarçar nunca o sentimento. Bastava um olhar carinhoso ou um jeito terno de falar para que a intimidade ficasse exposta, escancarada como se estivesse em um *outdoor.* Muitas vezes ela achava que seu temor era quase irracional. Ela tinha plena consciência de que não praticava nada errado, que tinha direito de viver sua vida como bem quisesse. Além de tudo, sabia que existiam outras alternativas de trabalho se perdesse esse emprego. Ela não precisaria se submeter. Mas essa era a sua fraqueza, a imperfeição que a mostrava humana, contraditória. Normal.

O que se tornou pouco normal foi uma sensação estranha de estar sendo seguida. Pensou que estava ficando paranóica demais quando, ao sair da escola, supôs ver o mesmo carro que observara estacionado em frente a seu prédio e, dentro dele, o mesmo homem com óculos escuros e cabelo desalinhado. "Para que óculos escuros se já está anoitecendo?", pensou. "Acho que o excesso de trabalho está me deixando nervosa."

O fato se repetiu mais três ou quatro vezes, sempre quando estava se preparando para encontrar Mirella em algum lugar, ou para recebê-la em casa. Como não tinha certeza de nada, achou que seria mais prudente não assustar Mirella com desconfianças infundadas. Afinal, ela tinha de ser forte e tinha de parecer sempre forte para Mirella, não podia se dar ao luxo de alucinar daquele jeito. "Isso vai passar, é só neura minha. Eu vou me controlar e isso vai passar." E, de fato, passou: foi só relaxar que ela deixou de se sentir perseguida. Não viu mais o carro, nem o sujeito de óculos escuros. Tudo não passara de uma paranóia delirante.

Naquela tarde de sábado, final de outubro, a primavera estava em seu auge. No apartamento de Ana Maria, o vaso de jasmim perfumava o ambiente. Na rua, os ipês floresciam selvagemente, cobrindo o chão com centenas de flores miúdas, formando vários tapetes multicoloridos por todo lado, alegrando a cidade usualmente tão cinzenta e entristecida.

Ana Maria sentia-se feliz porque Mirella viria mais tarde, teriam um fim de semana inteiro juntas depois de muito tempo. O telefone tocou e ela se apressou para atender. Apanhou o telefone já ansiosa por ouvir a voz rouca e doce de Mirella, as saudades escavando seu peito, fincando raízes em seu coração.

– Alô?

– ...

– Alô? Quem é? Alô?!

Desligou o telefone decepcionada. Continuou a arrumar a casa com empolgação, animada e contente. Naquela manhã, havia comprado vasos novos na floricultura e procurava o melhor lugar para cada um. Já antevia a surpresa de Mirella ao chegar em seu apartamento e encontrá-lo todo florido, perfumado e colorido. O telefone voltou a tocar, Ana Maria novamente correu para atender. Mais uma vez, o silêncio incômodo. Desligou o telefone irritada. "Que brincadeira mais besta, que falta do que fazer."

A brincadeira de mau gosto se repetiu mais três, quatro vezes. Ana Maria estava se enfurecendo. O telefone tocou mais uma vez, o barulho irritante exasperando-a de forma superlativa. Chegou a pensar em não atender, mas preferiu ter certeza.

– Alô? – já praticamente gritou, com os nervos à flor da pele.

– Aninha? É a Mirella. Você está nervosa?

– Não, nada. Só um engraçadinho me dando trote o dia todo. Desculpe, meu amor. Tudo bem?

– Não está nada bem, eu não vou poder ir até sua casa hoje – a voz de Mirella estava embargada, fazia um esforço sobre-humano para manter o controle.

A notícia tirou Ana Maria do sério. Era como se tivesse uma bomba explodindo dentro de seu ouvido, fazendo o cérebro crescer e comprimir-se, uma dor de cabeça deixando-a exasperada. O que estaria acontecendo, meu Deus?

– O que aconteceu, Mirella? Alguma coisa com o Daniel? O João Marcos arrumou alguma encrenca com você?

– Não, não é nada disso. É a Isabella, a minha irmã.

– O que foi? Ela está doente?

– Não, você não pode imaginar o que aconteceu. Ela recebeu uma carta. Uma carta anônima. E sabe tudo sobre nós! Alguém contou a ela tudo sobre nós! Estou apavorada!

– O quê? – Ana Maria estava chocada, incrédula ainda. – Mas não pode ser, não faz sentido! Quem poderia ter feito isso? Ninguém sabe de nós, Mirella. A gente tem tido tanto cuidado. Que loucura!

– Estou morrendo de medo, Aninha. Alguém sabe. Eu não sei como, mas alguém sabe. Não sei o que vai ser de mim agora.

Mirella desaguou num choro desesperado, nervoso. Todos os seus medos de repente se materializavam, sentia-se acuada, ameaçada. Exposta.

– O que sua irmã falou? O que tinha na carta?

– Isabella falou comigo aos gritos. Disse que recebera uma carta anônima, que a pessoa dizia gostar muito de mim e a estava alertando para que ela me salvasse da depravação. Ela berrava que eu estou de caso com uma mulher e que isso era imoral, que ela faria qualquer coisa para impedir que esse desatino fosse adiante. Que eu andava mesmo estranha, que não tinha mais os mesmos valores de antes e, depois da separação, eu caíra na vida...

– Nossa, que absurdo. E o que você fez?

– Eu não sei como, mas me mantive muito calma. Deixei-a terminar de gritar e falei que ela não devia acreditar em carta anônima, pois se a pessoa estivesse querendo ajudar certamente se apresentaria, mostraria a cara. Depois, dei uma bronca nela, dizendo que agora qualquer idiota que inventasse qualquer bobagem, por mais absurda que fosse, estava tendo mais crédito do que eu, a irmã que ela conhecia há mais de 30 anos. Desmenti tudo, posei de forte. No final, ela acreditou e pediu desculpas, mas estou apavorada! Acho melhor a gente não se ver por enquanto.

– Você não acha melhor a gente ficar juntas hoje? Talvez seja pior você ficar sozinha numa hora dessa. Eu posso te ajudar.

– Não sei, estou confusa demais. Quem será que escreveu essa carta, Aninha? Estou intrigadíssima!

– Não consigo pensar em ninguém, Mirella. Essa é a história mais louca que já ouvi.

De repente, o coração disparou e uma pancada muito forte ressoou no peito de Ana Maria. Sua respiração ficou suspensa. Lembrou-se do carro estacionado e do homem de óculos escuros. Lembrou-se dos telefonemas daquela tarde e do interlocutor insistentemente mudo. Alguém estava investigando e sabia. Alguém sabia. Mas quem?

Ana Maria hesitou muito, não sabia se devia falar ou não. Achava que poderia deixar Mirella mais assustada, mas também não tinha o direito de guardar segredo, de sonegar-lhe informações preciosas.

– Mirella, eu me lembrei de algumas coisas importantes e a gente precisa se encontrar para conversar.

– Fala, Aninha.

– Não, por telefone não quero falar, pode não ser seguro. Vamos desligar agora. Ligue-me de outro lugar, ligue no meu celular.

– Você acha que...

– Desligue agora, Mirella – Ana Maria cortou.

Mirella desligou rapidamente o telefone. De repente, sentiu-se mais segura. Percebera que Ana Maria sabia alguma coisa e poderia ajudá-la a resolver o problema. Ana Maria era decidida, segura, sentia-se protegida com ela. Fez tudo como ela pedira: foi até um orelhão na rua de cima, ligou a cobrar para o celular dela e ouviu as instruções. Combinaram de se encontrar no Viena do Conjunto Nacional, na avenida Paulista.

Quando se encontraram, sentaram-se numa mesa bem no canto, no andar superior, de forma que podiam ver quem estava por perto. Ana Maria não falou nada importante até que as mesas próximas estivessem vazias. Depois contou Mirella o que sabia sobre o carro, os telefonemas da tarde e sua desconfiança de que alguém as investigava. Pediu que Mirella tivesse calma e não fizesse nada precipitado.

– Chame um investigador, peça que verifique se há escuta no seu telefone, eu farei o mesmo no meu apartamento. Vamos manter a cabeça fria e agir. Acho que poderemos desarmar essa armadilha sem maiores prejuízos.

– Mas quem estaria fazendo isso?

– Não sei, o que você acha?

– João Marcos?

– Pode ser, mas a gente não tem certeza. Não vamos nos deixar acuar. Seja lá quem for – ponderou Ana Maria – quer exatamente isso: que a gente tenha medo e se afaste. Vamos enfrentar a situação juntas, senão vamos ficar refém de algum maluco pelo resto da vida. Ou você pensa em desistir?

Um silêncio constrangido desabou sobre elas. Mirella não conseguia olhar Ana Maria nos olhos. Para falar a verdade, ela pensara, sim, em desistir de tudo. Estava sentindo muito medo. Medo demais. Talvez abrir mão do amor de Ana Maria fosse um bom jeito de fugir do pânico. Resolveria tudo, não?

Mas Mirella respirou fundo. A violência daquela invasão em sua vida tivera, na verdade, um efeito inesperado. Ela estava cansada demais de fugir, de sempre se ver acuada. De sempre ter de abrir mão de seus desejos. De sempre sofrer. Sempre. Olhou fundo nos olhos de Ana Maria, desvendando neles o medo que a tornara subitamente frágil. Por alguns instantes os papéis se inverteram. Sustentando o olhar, desafiou:

– Se você não desistir, eu não vou desistir, Aninha. Eu não quero mais fugir da vida!

– Mirella, você é surpreendente. Eu te amo, sabia?

Ana Maria não conseguiu conter as lágrimas. Imprudente, pegou a mão de Mirella por debaixo da mesa e segurou-a entre as suas. Mirella não recuou, deixou sua mão pousada nas mãos de Ana Maria. Sentiu-se capaz, pela primeira vez na vida, de domar seu medo eterno. Mirella decidira, naquele momento, que ela queria viver de verdade.

Percebendo a presença da garçonete, que perguntava se estavam bem e desejavam mais alguma coisa, Mirella e Ana Maria resolveram pagar a conta e partir. O encanto fora quebrado de forma banal, mas elas sabiam que deviam permanecer juntas. Havia perigo, mas também muito por que lutar.

O fim de semana transcorreu agitado. Mirella e Ana Maria estavam nervosas, mas ficaram juntas o tempo que lhes foi possível. Pressentiam que ainda haveria surpresas, mas sentiam-se no escuro. Tentavam, como nos filmes americanos, adivinhar qual seria o próximo passo de seu oponente desconhecido. Por mais que tentassem, porém, não poderiam imaginar o que estava por vir.

Na manhã de segunda-feira, mais uma surpresa incômoda. Mirella fora chamada para conversar com o diretor da escola, seu Mário, como todos o chamavam. Ficara intrigada, não imaginava o que ele poderia querer com ela. Mesmo estando muito agitada nos últimos meses, tinha consciência de que vinha cumprindo bem seu papel no trabalho, continuava obtendo excelentes resultados com seus alunos, que a adoravam incondicionalmente.

Caminhava apressada pelo grande corredor que levava à sala de seu Mário, ansiosa para chegar logo e descobrir qual era o problema. Se é que havia algum. Em frente à porta, parou e hesitou por alguns instantes. Bateu e aguardou. A voz potente de seu Mário respondeu, pedindo que entrasse. Quando Mirella abriu a porta, quase caiu de costas. Ana Maria estava lá, sentada diante da escrivaninha, um aspecto de fantasma, as mãos torcendo-se nervosamente. Nunca vira Ana Maria tão abalada. Automaticamente, levou a mão à boca e se dedicou a roer a unha do indicador da forma mais discreta possível. A fisionomia assustada de Ana Maria tirava-lhe a calma. Começou a se preocupar cada vez mais.

Seu Mário levantou-se e cumprimentou-a, gentil e cavalheiro, indicando-lhe a cadeira ao lado de Ana Maria com um gesto. Ela evitou olhar para Ana Maria, o medo de se delatar latejando, ao mesmo tempo em que esfriava todo seu corpo. Sentia as mãos geladas e tremendo, mas esforçava-se para manter o controle.

Seu Mário, homem gentil e sempre bem-humorado, começou a conversa com muitos rodeios. Perguntou de Daniel e depois quis saber como ela estava. Ele enrolava nitidamente, tão sem jeito quanto as duas mulheres espantadas à sua frente. Então ele se decidiu ir finalmente ao assunto que as levara até lá:

– Vocês devem estar se perguntando por que raios chamei as duas aqui na minha sala. Estou vendo que ambas estão assustadas. Não se apavorem, garotas. Quero conversar com vocês como amigo. Recebemos uma espécie de... como poderei dizer? Uma espécie de denúncia anônima, se é que podemos dizer assim.

Mirella e Ana Maria engoliram em seco. Um forte tremor agitava Ana Maria, um frio estranho gelava Mirella. Uma denúncia anônima? Meu Deus, haviam sido descobertas. Talvez estivessem ambas prestes a perder o emprego. Fora isso, o vexame, a vergonha de ter a vida particular escancarada. Um desastre.

– Bom, vejo que vocês estão muito angustiadas, vou tentar abreviar seu sofrimento. Recebemos a informação de que vocês são... quero dizer, vocês estão... puxa, está mais difícil do que imaginei – seu Mário brincava, forjando descontração. – Bem, o fato é que nos chegou a informação de que vocês estão tendo um relacionamento... ahn... um relacionamento amoroso. É isso.

– Mas isso é um enorme absurdo! Onde já se viu?! Eu não admito...

Mirella virou-se, fez um gesto firme impedindo Ana Maria de continuar e tomou a frente da conversa. Virando-se lentamente na direção de seu Mário, Mirella olhou bem para ele, ergueu a cabeça e falou:

– É verdade, seu Mário. Nós temos um relacionamento amoroso. Nós poderíamos mentir por algum tempo, mas não a vida inteira. Prefiro dizer a verdade agora. Se o senhor acha que isso é errado, pode me mandar embora, mas eu não vou mentir ao senhor.

Mirella tinha a cabeça erguida e um porte altivo que eram a mais viva expressão da dignidade humana. Ana Maria quedava de boca aberta, olhos arregalados. Sentia-se num enredo de realismo fantástico. Estava estupefata, sem reação. Seu pensamento dava milhares de voltas, mas não aportava em lugar nenhum. Confusão total. Ao mesmo tempo, sentia-se emocionada com a dignidade de Mirella. Aquela mulher normalmente tão acuada mostrava-se espantosamente forte naquele momento.

Seu Mário sorriu carinhosamente. Ele esperava uma reação de fuga, de pânico, pura covardia, mas encontrara uma mulher corajosa e verdadeira.

– Mirella, seu gesto é louvável. Gosto de saber que você está sendo franca e está jogando limpo comigo. Deixe-me tranqüilizá-las: não vou demitir ninguém. Queria apenas alertá-las como amigo, pois alguém está tentando efetivamente lhes fazer mal. As regras da escola, vocês já conhecem. Os professores e demais funcionários não são proibidos de namorar ou de ter um relacionamento amoroso qualquer. A única coisa que pedimos é discrição. Vocês estão há muitos anos nessa escola e sabem do que estamos falando. Roseli e Abel namoram há dois ou três anos e nunca foram incomodados, porque se mantêm dentro do que a escola considera saudável para o ambiente de trabalho. Já o Beto, o antigo professor de música, lembram-se? Foi advertido várias vezes por sua conduta pouco adequada na escola. As regras são as mesmas para vocês duas, não se preocupem. E até agora vocês têm tido conduta irrepreensível.

Seu Mário fez uma pausa, respirou fundo. Mirella sorria. Ana Maria estava em estado de choque, os olhos ainda arregalados, os músculos paralisados, sem acreditar que estava vivendo aquilo. Seu Mário continuou:

– Eu quero entregar-lhes isso – mostrou uma carta sobre a mesa e pegou-a. – Descubram quem está por trás disto. Uma carta anônima é sinal de falta de caráter e existe alguém sem caráter tentando prejudicá-las.

Entendendo que a conversa estava encerrada, ambas se levantaram automaticamente para sair. Mirella pegou a carta e enfiou no bolso. Quando elas se aproximavam da porta, seu Mário chamou novamente:

– Boa sorte para vocês.

Mirella sorriu novamente, Ana Maria permaneceu em outra dimensão. Ao baterem a porta atrás de si, ambas sabiam que deixavam um grande medo para trás. Para nunca mais.

15

Ana Maria estava completamente atordoada. Nunca imaginara que sua vida entraria naquela espiral fantástica: um acontecimento maluco sucedendo o outro sem parar. Nos últimos dois dias, revelações inesperadas agitaram sua calma. Quando poderia adivinhar que teria a vida investigada por um desconhecido? E que o diretor da escola – o diretor! – desejaria boa sorte para o namoro entre ela e Mirella? Como adivinhar aquela Mirella corajosa por sob a fragilidade que a vestia cotidianamente?

Mal se dera conta de como chegara até sua sala. Presenciava, atônita, Mirella retirando do bolso a carta anônima e abrindo-a com uma fúria impensável. Nenhum medo em seus gestos, nenhuma hesitação. Apenas se podia intuir uma pressa em desfazer o suspense, em desvencilhar-se da ameaça. Mirella parecia muito cansada. Mas, paradoxalmente, parecia mais forte.

Mirella leu a carta atentamente à procura de uma pista. Terminou a leitura e suspirou, desanimada. A carta anônima era, na verdade, um bilhete. Letras recortadas descuidadamente de alguma revista e coladas numa folha de sulfite branco formavam apenas duas curtas frases: *Mirella e Ana Maria são amantes. Tomem providências.*

– Nada esclarecedora. Pode bem ser do João Marcos, mas poderia ser de qualquer pessoa. Aninha, quero chamar um investigador para verificar meu telefone, você conhece alguém bom?

– Bom, tenho um amigo que é investigador da polícia, acho que ele poderia nos ajudar e de forma legal, dentro da lei. Vou ligar para ele e veremos quais providências devemos tomar.

– Liga agora, pode ser? Eu não tenho aulas à tarde, poderíamos verificar minha casa ainda hoje.

– Mirella?

– Hum?

– Queria te falar uma coisa, mas não sei se...

– Agora vai ter de falar. Pensa que eu vou agüentar mais um suspense?

– Que loucura foi essa de contar a verdade a seu Mário?

Mirella ficou pálida e emudeceu por alguns instantes. Diante do diretor da escola, não tinha pensado em nada, apenas na sua incapacidade de sustentar aquela mentira. Pela primeira vez parou para pensar no que fizera e se assustou. Desrespeitara Ana Maria de forma imperdoável. Afinal, tratava-se de um assunto que dizia respeito às duas, que envolvia a privacidade das duas e elas tinham combinado manter segredo. "Como pude ser tão inconseqüente?"

– Aninha, me desculpe? Eu fui absurdamente inconseqüente, irresponsável. Descumpri nosso trato e expus você de forma egoísta e covarde. Você deve estar furiosa comigo e com toda a razão. Na verdade, não sei o que me deu, eu não pensei em nada, nem em você, nem no Daniel. Só segui um impulso, que foi mais forte do que eu. Me desculpe?

– Eu vou ser franca com você. Estou chateada pela forma como as coisas aconteceram. Tínhamos um trato, você sabe bem o quanto é difícil, para mim, lidar com isso aqui no trabalho. Você não tinha o direito de falar por mim, não tinha!

– Você tem toda a razão, nem se discute isso. Estou arrasada. O que eu posso fazer para reparar meu erro?

– Não há o que fazer e esse é o problema. O que você fez é irreparável. E o que me incomoda mais é que a confiança foi rompida, o que você fez foi muito sério...

– Você não...

– Espere, deixe eu terminar. Queria te dizer que a partir de agora você vai ter de me mostrar que poderei confiar novamente em você. Eu acho que você fez uma loucura, mas não sei o que está acontecendo comigo... – Ana Maria fez uma pausa, respirou fundo e continuou: Só sei que, apesar de tudo, minha admiração por você aumentou ainda mais. Você é uma maluca maravilhosa, sabia?

Mirella sorriu. Estava sentindo uma culpa violenta corroendo-a por dentro, uma culpa que nunca sentira antes. Ao mesmo tempo, a declaração final de Ana Maria acalmou-a, reconciliando-a com sua consciência. A certeza de que o amor de Ana Maria era forte o suficiente para conceder-lhe o perdão deixou-a quase feliz.

– Eu vou reconquistar sua confiança, Aninha, você vai ver. Mas você me desculpa?

O olhar súplice de Mirella amoleceu o coração de Ana Maria. "Sou uma molenga mesmo."

– Tá, tá – Ana Maria fingiu alguma irritação. – Mas você está sob condicional, hein? Mais uma vacilada...

– Não vai haver, prometo!

Na tarde daquele mesmo dia, Mirella ligou para Ana Maria. O investigador acabara de sair de sua casa. Ela estava agitada e confusa, falando sem respirar direito:

– Aninha, você acertou. Seu amigo acabou de sair daqui. Tinha mesmo um grampo no meu telefone! Que loucura!

– O que o Sérgio falou? Dá para saber quem pôs o grampo?

– Não, infelizmente não dá. Ele deu algumas informações técnicas, mas só guardei que o grampo estava aqui em casa, é de tecnologia já antiquada e deve ter sido posto por um detetive particular.

– Então alguém entrou em sua casa para fazer isso. Você já falou com a empregada, com a babá?

– Ainda não, vou fazer isso agora e te ligo de novo.

Mirella chamou Marta e Lina. Não sabia muito bem como agir, mas sabia que tinha de ir direto ao assunto. Respirou fundo e começou:

– Olha, precisamos conversar seriamente, pois aconteceu uma coisa muito grave aqui em casa e eu preciso da ajuda de vocês. Alguém mexeu nas minhas coisas e...

– Dona Mirella, sumiu alguma coisa? Eu não mexi em nada, a senhora me conhece há muitos anos, sabe que sou de confiança – Marta apressou-se a responder, aflitíssima.

– Eu também não, dona Mirella. O que pegaram da senhora? – Lina estava apavorada.

Mirella notou que abordara o assunto de forma desastrada. Apressou-se em tranqüilizar as moças e mudar o rumo da conversa.

– Não, meninas, não sumiu nada, fiquem tranqüilas quanto a isso. Na verdade, alguém colocou uma escuta, um grampo no meu telefone. E para tanto alguém de fora entrou nessa casa. Eu preciso que vocês me ajudem a descobrir quem fez isso e como foi que essa pessoa entrou aqui.

– Eu não sei de nada, dona Mirella – Lina foi logo se esquivando, ainda assustada.

– Lina, eu não estou desconfiando de vocês duas. Eu queria que vocês me ajudassem a entender o que aconteceu. Alguém entrou aqui para arrumar o telefone? Para fazer algum conserto? Tentem se lembrar, por favor. É muito importante.

– Dona Mirella, eu estou me lembrando de um rapaz, sim, faz umas três semanas – Marta respondeu. – Ele disse que a senhora havia solicitado um reparo na linha telefônica. Estava com uniforme e carro da companhia telefônica. Além disso, ele tinha seu nome completo, data de nascimento, número dos documentos, tudo.

– Você o deixou entrar?

– Deixei, sim. Ele disse que o seu João Marcos tinha autorizado, porque o telefone ainda está no nome dele. Ele sabia tudinho, eu nem podia imaginar que era mentira. Se a senhora visse, acho que até a senhora deixava ele entrar.

– Ô, Marta, a gente já não conversou sobre isso? Eu já falei para não deixar ninguém entrar sem minha autorização.

– Eu sei, dona Mirella. E eu comecei dizendo que ele não podia entrar, que a senhora não tinha me avisado nada. Daí ele falou que era pra eu ligar pra senhora, que a senhora ia confirmar. Eu fui ligar, mas o telefone estava mudo. Então, achei que ele estava falando a verdade e deixei ele entrar. Mas eu fiquei o tempo todo com ele e vi que ele só mexeu no telefone, em mais nada. Quando ele foi embora, disse que ia fazer um reparo na linha externa e em alguns minutos a linha estaria funcionando. E foi assim que aconteceu. Depois até me esqueci de contar à senhora.

– Ele falou que o João Marcos tinha autorizado?

– Foi. A senhora me desculpa?

Mirella estava aborrecida, mas não tinha como condenar a moça. Afinal, ela mesma não havia cometido um erro terrível pela manhã? Lembrou-se de Ana Maria e emendou:

– Tudo bem, Marta, mas a confiança que eu tinha em você foi abalada. Você vai ter de me provar que posso voltar a confiar em você.

Mirella começou a pensar freneticamente. Tudo levava a crer que João Marcos estava por trás daquela invasão da sua privacidade, afinal o suposto técnico da telefônica o havia citado nominalmente. Uma irritação profunda tomou conta dela, mas sabia que não podia tomar nenhuma atitude enquanto não houvesse provas. Mas como obter essas provas? A situação era muito complexa, mas Mirella estava determinada. Lembrou-se de ligar para Ana Maria e contar-lhe as novidades. Ana Maria ouviu o relato com atenção e concordava com Mirella: o suspeito número um era mesmo João Marcos.

Mirella continuou quebrando a cabeça naquela noite e nos dias que se seguiram. Na sexta-feira, enquanto arrumava a mala de Daniel, que iria viajar com o pai no fim de semana, teve uma idéia. Era uma idéia muito simplória, provavelmente não daria certo, mas era uma chance que não queria desperdiçar.

Ela conhecia João Marcos bastante bem, tinha certeza de que ele se achava acima de qualquer suspeita. E acima do bem e do mal. Talvez ele tivesse sido descuidado o suficiente, então Mirella saberia. Chamou Lina, que também iria passar o fim de semana com Daniel e viajaria com eles a pedido de João Marcos. Mirella conversou rapidamente com ela, deu-lhe algumas instruções e despediu-se dela com alguma esperança de que sua idéia maluca desse certo.

– Lina, não deixe de me ligar ainda hoje, OK? Mesmo que você não encontre nada.

– Pode deixar, dona Mirella, eu vou fazer tudo como a senhora me falou.

Mirella confiava bastante em Lina, sabia que ela se esforçaria para cumprir sua missão. João Marcos chegou no horário para buscar Daniel e Lina. A partir daquele momento, Mirella sentiu a expectativa crescendo, sufocando-a terrivelmente. Com os olhos pregados no relógio, via os segundos devorando o tempo, mas o telefone permanecia mudo. Mirella andava de um lado para o outro, tentando se concentrar em seus passos, tentando fazer o tempo correr. Tentando suportar a espera.

O telefone tocou, assustando-a ligeiramente. Mirella correu para atender. Era uma amiga querida, que havia alguns meses não via. Mirella estava nervosa, precisava desligar o telefone rapidamente, pois ela sabia que Lina teria uma oportunidade única de ligar e não poderia encontrar o telefone ocupado. Mirella não conseguia, porém, desvencilhar-se da amiga. Ao mesmo tempo em que tinha medo de magoá-la, também não estava mais suportando a expectativa, um verdadeiro dilema. Mirella estava cada vez mais agoniada. Foi com muito custo que conseguiu despedir-se da amiga e desligar o telefone depois de alguns minutos.

Mirella estava nervosa. Agora uma dúvida vinha agitar-lhe a calma: será que Lina tentara ligar? Com as mãos tremendo, Mirella levou o dedo médio à boca, roendo o pouco de unha que lhe restava. O coração estava descompassado, o ar faltando.

A dúvida se prolongou de forma cruel por quase três horas. Mirella estava à beira de um ataque de nervos, exausta pela ansiedade da espera, quando finalmente o telefone voltou a tocar:

– Dona Mirella? É a Lina.

– Lina? Que bom que você conseguiu ligar. E aí? Achou?

– Achei, dona Mirella. A senhora tinha razão. No meio das revistas velhas, tinha três que estavam recortadas. Parece que só foram recortadas letras, mas não tenho certeza. Não pude olhar com calma, logo o Dani me chamou. O que eu faço agora?

– Você tem coragem de trazer essas revistas para mim? Você acha que é seguro para você?

– Sem problema nenhum, dona Mirella.

– Lina, tome muito cuidado, está bem?

– Deixa comigo, a senhora pode ficar tranqüila.

Domingo à noite. Mirella recebeu de Lina as revistas recortadas. Guardou-as até o momento que Daniel foi dormir, apesar de estar quase enlouquecida de tanta curiosidade. Ela abriu cuidadosamente cada revista, checou as páginas recortadas, comparou com a carta que estava em seu poder. Abriu a primeira revista, depois a segunda. Frustrou-se quando percebeu que as letras recortadas eram diferentes das que via coladas no papel em sua mão. A decepção foi arrastando um desânimo para dentro de Mirella.

De repente, ela se lembrou de Isabella. Aquelas letras poderiam ter sido usadas na carta que foi para ela. Com o ânimo renovado, Mirella abriu a última revista e a folheou vagarosamente. E achou. O quebra-cabeça estava completo: as letras recortadas daquela revista eram as mesmas que rugiam a ameaça no papel que Mirella segurava. Ela tinha em suas mãos a confirmação de que fora João Marcos o autor das cartas anônimas. João Marcos.

A certeza trazia algum alívio, rapidamente transformado em medo. Como numa seqüência de filme mudo, muitas cenas de seu passado recente sucediam-se diante de seus olhos. Reviveu a dor que a violência no convívio com João Marcos lhe causava. Sentiu-se novamente acuada, desprotegida. O desequilíbrio de João Marcos lhe causava pânico. Mirella chorou. Sentia-se ainda atada, enrodilhada num ninho de serpentes, sem saber de onde poderia vir o próximo bote.

Sem pensar muito, Mirella foi até a garagem, entrou em seu carro e saiu em velocidade. Abriu a janela e sentiu o ar fresco da noite primaveril tocando seu rosto. Respirou muito fundo, buscando a coragem. Confusa e aflita, só conseguia pensar numa coisa: precisava encontrar Ana Maria.

Precisava do colo bom dela, de seu jeito terno e calmo. Precisava dos braços fortes dela protegendo-a de todo mal. Precisava da sabedoria de Ana Maria acolhendo seu nervosismo, dominando seu pânico. Precisava sentir o cheiro doce de Ana Maria invadir-lhe as narinas, o cérebro e o coração. Precisava tocar-lhe a pele macia, sentir-lhe a suavidade e o calor. Precisava olhar bem dentro de seus olhos claros e profundos e ver sua imagem refletida. Precisava ver os lábios vermelhos de Ana Maria oferecendo-lhe a umidade quente, o estopim. Precisava do corpo dela colado ao seu, os pêlos eriçados roçando-se suavemente. Precisava do tesão, do fogo que Ana Maria acendia dentro dela. Precisava da ebulição, do magma explodindo em gozo e loucura. Precisava ter certeza de que Ana Maria existia de verdade.

O carro devorava o asfalto. Faróis acesos agrediam seus olhos, mas Mirella olhava e nem via. Era seu instinto que a fazia correr para o lado certo, do jeito certo. Mirella via árvores correndo em sentido contrário. Via ruas que se cruzavam fecundando casas. Mirella pressentia que a noite ia se tornando prateada, uma lua ainda tímida despontando no negrume do céu pouco estrelado. Mirella estava à deriva, entontecida, inebriada. Aspirava o ar perfumado da noite e sentia o salgado de suas lágrimas quentes, a maresia alcançando sua alma.

Mirella assustou-se quando pensou que precisava encontrar Ana Maria imediatamente e dizer-lhe sem rodeios que a amava desesperadamente.

16

Mirella tocou a campainha e aguardou com ansiedade. Já eram quase dez horas da noite, Ana Maria devia estar dormindo. Apertou o botão mais uma, duas vezes. Observou uma luz que se acendeu dentro do apartamento e escapava pela fresta da porta. Percebeu uma sombra cobrindo o olho mágico. Imaginou o susto que Ana Maria iria tomar e sorriu. A porta se abriu, revelando uma Ana Maria desalinhada, cabelos despenteados, cara de sono, roupão sobre a camisola. E o espanto desenhado em seu rosto, em seu olhar assustado. Mirella preparou-se para dizer o que viera treinando no carro:

– Aninha, eu...

Ana Maria, entretanto, cortou-a rapidamente. Preocupava-se em acolher Mirella, em saber onde lhe doía, o que a trouxera ali tão repentinamente, sem aviso, sem preparação. E tão tarde da noite de domingo só podia ser alguma coisa muito grave.

– Mirella, o que aconteceu? – abraçando-a ternamente e trazendo-a para dentro, Ana Maria demonstrava todo seu amor, todo o cuidado que tinha com Mirella. – Você está bem?

Mirella titubeou, tentou novamente concentrar-se no seu objetivo, mas sentiu que precisaria de mais força, maior coragem. Dentro da sala, depois de ver Ana Maria fechar a porta e trazer-lhe um copo d'água – "Por que será que ela pensou que eu precisava de água? Que engraçado." –, Mirella respirou fundo e recomeçou:

– Aninha, eu queria te...

A afobação e o pragmatismo de Ana Maria, porém, acabaram por encerrar abruptamente mais essa tentativa. Trazendo Mirella pela mão, sentou-a no sofá e prosseguiu na sua infindável série de perguntas e gestos de cuidado. Certamente Ana Maria estava muito preocupada com a situação inusitada. E certamente havia razão para isso. Mirella suspirou. Não havia mais clima para a sua revelação amorosa. "Vai ficar para outro dia", pensou um pouco decepcionada por ter perdido o *timing*. Em compensação, sentia que encontrara tudo o que viera buscar: o aconchego, o conforto e o cuidado. Acima e antes de tudo, o amor. Uma sensação gostosa inundou-lhe o peito, trazendo alívio para toda a tensão que a tomara.

– Eu precisava muito te ver, Aninha. Desculpe-me ter vindo sem avisar, desculpe-me não ter usado o interfone, desculpe-me pela invasão...

Ana Maria colocou o dedo indicador sobre os lábios de Mirella, sinalizando que ela devia calar-se. Abraçando-a com ternura, afagou-lhe os cabelos, enquanto dizia-lhe ao ouvido:

– Pára de me pedir desculpas, pára. Estou muito feliz por ter você ao meu lado, você é bem-vinda sempre, a qualquer momento do dia ou da noite. E você sabe que minha casa é sua, não me sinto invadida. Agora me conta: você está bem?

Mirella estreitou Ana Maria em seus braços. Sentia-se tão bem assim que quase esquecera o medo que a trouxera até ali. Respirando fundo, encostou a cabeça nos ombros de Ana Maria para descansar da vida. Demorou-se alguns instantes nessa posição, então sussurrou:

– Descobri tudo. Já sei quem é o autor das cartas e do grampo, tenho provas.

Ana Maria ergueu a cabeça de Mirella de seu ombro gentilmente, de forma a poder olhá-la de frente. Abriu bem os olhos, ergueu as sobrancelhas, suspirou e fez a pergunta mais óbvia:

– João Marcos?

– Ele mesmo.

Mirella contou a Ana Maria os detalhes da operação realizada por Lina. Abriu a sua bolsa e retirou de dentro dela uma sacola plástica com as revistas e a carta. Mostrou a Ana Maria que as letras que faltavam na revista eram as mesmas da carta anônima. E resmungou baixinho:

– Ele é mais louco do que eu pensava, Aninha. Estou chocada. Mesmo já imaginando que era ele, eu estou chocada. O que você acha que eu devo fazer?

Ana Maria pensou um pouco. Não sabia muito bem como agir diante dessa situação tão louca, mas não queria que Mirella percebesse seu desconforto, sua hesitação. Sabia perfeitamente bem que nesse momento somente a sua força poderia dar força para Mirella seguir sem medo. Mas ela própria sentia-se intimidada. Sem demonstrar que estava insegura, Ana Maria achou uma solução interessante.

– Não faça nada por enquanto. Espere pela próxima ação dele. Se ele desistir de te perturbar – o que eu, sinceramente, duvido –, não mexa mais nessa história. Caso ele te ameace de alguma forma, ou mande novas cartas, daí você deve tomar alguma atitude séria.

– Que tipo de atitude?

– Bem, só vamos saber o que fazer mesmo quando soubermos as intenções dele, mas você pode dizer que sabe de tudo o que ele fez e pode ameaçá-lo.

– Ameaçá-lo?

– Claro, ele cometeu um ato ilegal, colocou escuta no seu telefone.

– Mas eu não tenho como provar nada.

– Mas você tem como blefar. E a história das cartas e da revista vai te dar maior credibilidade. Mas vamos esperar os próximos passos dele, assim a gente pensa melhor como fazer.

– Você não imagina como eu precisava ver você hoje. Você me faz tão bem, não sei o que seria de mim sem você.

– Você vai dormir aqui hoje? – Ana Maria perguntou cheia de expectativas.

– Eu adoraria, mas não posso. Amanhã eu levo o Daniel para a escola. Na verdade, não avisei a Lina que eu ia sair de casa. Vou embora daqui a pouco, mas antes você vai me encher de beijos, que hoje eu estou precisando.

Quando Mirella voltou para casa, naquela noite, sentia-se totalmente diferente de quando saíra para ver Ana Maria. Sentia-se forte e poderosa, sentia-se amada e querida. Estava feliz. "Que venha o touro", ousou pensar.

Durante toda a semana seguinte, Mirella sentiu-se mais tranqüila, mas na sexta-feira alguma coisa começou a incomodá-la. Uma tensão sem motivos, um pressentimento funesto. Sabia que algo estava fora de lugar, intuía que a bomba estava prestes a explodir, mas não atinava quando, onde e como. Tentou fazer exercícios de respiração, tentou acalmar-se de diversas maneiras, mas foi em vão. O pior era essa sensação estranha de não saber o que a esperava.

Sábado pela manhã, o telefone tocou. Sem saber o porquê, Mirella teve um calafrio, um estremecimento. Atendeu a chamada com a voz embargada, frágil.

– Gostaria de falar com dona Mirella Rangel Prata, por favor?

– É ela mesma, quem fala?

– Bom dia, dona Mirella. Meu nome é Otávio Silveira. Sou o advogado do senhor João Marcos Prata.

Ana Maria sentiu seu peito enregelar, as pernas amoleceram, a respiração ficou irregular. Um advogado? O que João Marcos estava pretendendo? Sem demonstrar que estava abalada, Mirella empostou a voz e respondeu com firmeza:

– Pois, não, doutor Otávio. O que o senhor deseja?

– Gostaria de comunicá-la que o senhor João Marcos me pediu que entrasse com uma ação de pedido de guarda do filho de vocês, o menor Daniel Rangel Prata. Estou entrando em contato com a senhora antes de ajuizar qualquer ação, haja vista que a situação pode ser resolvida de forma amigável, se for do interesse da senhora passar a guarda de seu filho para o pai. A senhora sabe que estas ações são muito desgastantes para todos, não? Certamente haverá acusações de ambos os lados, talvez até o menino tenha de ser ouvido em juízo. Se for de seu interesse, todos serão poupados, inclusive o menino.

Mirella respirou fundo. A ameaça se concretizara. João Marcos resolvera endurecer, jogar pesado e intimidá-la de todas as formas. Mirella sentou-se, procurou respirar melhor, mas não demorou para responder duramente:

– Doutor Otávio, haja o que houver, eu não vou ceder de forma nenhuma. Avise o seu cliente de que, se ele resolver entrar com a ação, eu vou lutar até o fim. E vou ganhar, o senhor pode ter certeza.

O advogado respondeu com desdém, tornando ainda mais palpável a intenção de ameaça:

– No seu lugar, eu não teria tanta certeza assim, senhora. Pense bem, é o seu futuro e o futuro de seu filho. A senhora pode evitar muitos aborrecimentos para todos.

– O senhor já sabe minha posição, não voltarei atrás jamais. O senhor deseja mais alguma coisa?

– Não, senhora, apenas peço-lhe que pense com carinho e reconsidere. Aguardarei uma resposta final até o meio-dia de terça-feira que vem.

– Já estou respondendo e de forma definitiva: não! – Mirella gritou ao telefone, perdendo a compostura. – E passe bem.

Desligou o telefone e se sentiu desamparada. Sabia a mensagem que o tal advogado estava querendo passar, sabia que João Marcos não hesitaria em colocar no processo o seu relacionamento amoroso. Sabia que ele estava jogando pesado demais. "O Daniel não, isso não. Que jogo sujo!"

Mirella esfregou nervosamente o rosto com as mãos e chorou. Sentia um medo violento do que poderia acontecer a ela e a seu filho. O pânico de se ver separada de Dani solapou sua segurança, derrubou suas certezas. A primeira coisa que pensou foi em romper com Ana Maria, não podia correr um risco tão grande. Pegou no telefone e ligou para ela, o discurso todo pronto, o adeus na ponta da língua. E o coração pesado como chumbo, uma amargura sem fim.

– Alô?

– Ana Maria, é a Mirella. Precisamos ter uma conversa muito séria.

Ana Maria estranhou aquele tratamento seco, a voz áspera, a falta de carinho. Um frio percorreu sua espinha, ela engoliu em seco. "Aconteceu alguma coisa muito grave. O que será?"

– Oi, Mirella. Tudo bem com você? O que aconteceu, posso ajudá-la?

– Pode, sim. O melhor que você pode fazer por mim é me esquecer. Para sempre. Me esqueça, ouviu bem?

Mirella desligou o telefone. O choro engasgado na garganta não lhe permitia uma palavra sequer a mais. As lágrimas corriam rapidamente pelo seu rosto, encharcando sua blusa, lavando seu desespero. Mirella começou a bater com os punhos fechados na parede, gemendo e chorando sem parar. Sem que ela percebesse, suas mãos começaram a puxar seus cabelos, batia a cabeça na parede, uivava de pavor. Mirella imolava-se pelo gesto obsceno de covardia. Desconhecia-se nessa mulher covarde que abandonava o amor da sua vida simplesmente porque sofrera uma ameaça vil. Mirella via-se sucumbindo miseravelmente por causa do orgulho ferido de um maluco de pedra. Quem estava mais louco?

Ana Maria ficou estupefata com o que acabara de ouvir. Alguma coisa muito ruim acontecera, mas Mirella não conseguira contar a ela. O que ela devia fazer? Devia ligar para ela? Devia ir até lá? Devia aceitar a imposição de Mirella sem discutir? "Meu Deus, por favor, me ilumina agora." Ana Maria estava tão transtornada que se sentia totalmente perdida. Totalmente perdida.

Resolveu tirar a história a limpo. Talvez Mirella estivesse em alguma situação difícil. Talvez ela precisasse de ajuda. Talvez o maluco estivesse lá com ela, apontando uma arma, vai saber. Ana Maria imaginava que o sujeito era capaz de tudo e que Mirella podia estar em perigo. Deixou-se tomar pelo impulso, pegou sua bolsa, as chaves e desceu para a garagem. Entrou no carro e partiu a toda a velocidade em direção ao Morumbi. Não sabia o que ia fazer, não imaginava o que poderia encontrar. Só sabia que precisava ir até lá e ver.

No caminho, Ana Maria pensava que estava enlouquecendo também. Ela, que jamais correra atrás de alguém que lhe tivesse dado um fora, via-se em carreira desabalada para salvar a princesa do perigo. E a princesa acabara de dizer-lhe o adeus mais frio que já ouvira. Enlouquecendo.

Ao chegar, Ana Maria tocou a campainha várias vezes e aguardou. Mirella abriu a porta e se espantou. Correu para abrir o portão, pediu que Ana Maria entrasse. Ao fechar a porta da sala, Mirella abraçou Ana Maria com muita força.

– Que bom que você veio, que bom que você está aqui.

Ainda nos braços de Ana Maria, recomeçou a chorar convulsivamente. Ana Maria esperou pacientemente que ela se acalmasse, fazendo-lhe carinho no rosto, nos ombros, nos cabelos. Quando Mirella conseguiu se controlar, Ana Maria perguntou gentilmente:

– Você pode me dizer o que aconteceu? Posso ajudar de alguma maneira?

Mirella contou-lhe sobre o telefonema do advogado, da ameaça velada que sentira nas palavras dele, do pânico que sentira diante da possibilidade de perder Daniel. E o que mais lhe doera: a covardia que a fizera desistir de Ana Maria.

– Eu me arrependi e liguei para você novamente, mas ninguém atendeu. Fiquei desesperada, imaginando que tinha feito tudo errado, que você nunca mais me aceitaria de volta. Você não imagina como é bom ter você comigo aqui. Ufa!

– Cadê o Dani?

– O Dani está no acantonamento da escola, foi ontem e volta só no final da tarde.

– O que você pretende fazer agora? Já tem alguma idéia?

– Eu já sei o que vou fazer e você vai me ajudar. Vou agora mesmo até a casa de João Marcos, você vai comigo?

– Você enlouqueceu de vez? O que você vai fazer lá? O que *eu* vou fazer lá?

– Você fica no carro, me espera. Se eu demorar demais, você chama a polícia. Eu vou conversar com o João Marcos, vou dizer tudo o que penso dessa situação. E seja o que Deus quiser.

– Mirella, você não está no seu juízo perfeito. Senta um pouco, se acalma. Por que você não toma um banho? Vai te fazer bem. Depois, com calma, a gente decide juntas o que fazer. Que tal?

– Aninha, eu sei que parece maluquice, mas confie em mim: eu sei exatamente o que eu vou fazer lá e sei que é a melhor coisa que posso fazer. Vamos agora?

Ana Maria não estava convencida, mas resolveu acompanhar Mirella. Temia que ela resolvesse ir sozinha mesmo, o que seria bem pior. Achava que no caminho conseguiria demover Mirella daquela idéia fantástica e elas voltariam seguras para casa. Mas não foi bem assim que aconteceu. Mirella estava firmemente decidida. Ao passar diante da casa de João Marcos, apontou-a e comentou:

– É aquela casa ali. Vamos parar na esquina, ali tem a sombra daquela árvore e você fica protegida. Se eu demorar mais do que uma hora, pode chamar a polícia, está bem?

– Mirella, não faça isso... É loucura!

– Confie em mim. Eu preciso falar com ele e desfazer esse nó que está atando minha garganta. Vai ficar tudo bem, apenas me espere aqui no carro. Eu ficarei muito mais segura sabendo que você está aqui me esperando.

Sem mais uma palavra, Mirella desceu do carro e caminhou resolutamente para a casa que apontara. Ana Maria acompanhou-a pelo espelho retrovisor. Viu quando ela tocou a campainha, viu quando o portão se abriu. Então Mirella desapareceu de seu ângulo de visão. Ana Maria estava nervosa, suas mãos suavam em demasia, seu corpo era agitado por calafrios, um medo terrível daquela loucura toda. Juntou as mãos e começou a orar fervorosamente. Tudo o que ela podia fazer nesse momento era invocar a proteção divina para defender Mirella. E principalmente para se acalmar e suportar a espera.

João Marcos não escondeu a surpresa ao ver Mirella parada diante do portão. Sorriu e pediu-lhe que entrasse, todo gentil e cortês. Animava-se, imaginando que Mirella pediria uma trégua. Sonhava com a possibilidade de Mirella querer voltar para ele. Sentia-se bem, poderoso e feliz. Mas foram necessários apenas alguns instantes para que seu castelo de sonhos desmoronasse.

– Que bom vê-la aqui, Mirella. Tudo bem com você?

– Não, João, não está nada bem. Estou profundamente revoltada com o que você vem fazendo. Eu sei que você está tentando me vencer pelo medo e pelo cansaço, mas eu vim aqui apenas para dizer que você está perdendo o seu tempo.

– Mas, Mirella, o que é...

– Não me interrompa. Eu vou falar e você vai me ouvir até o final. Eu estou vendo pela sua cara que você está surpreso de me ver assim, forte e decidida. Queria que você soubesse que aquela Mirella acuada e medrosa que você conheceu não existe mais. Eu não vou me deixar intimidar por suas manobras absurdas. Eu não tenho medo de você.

Mirella fez uma pausa e se surpreendeu ao ver que João Marcos manteve-se em silêncio, aguardando. Mirella tomou fôlego e prosseguiu:

– Eu sei tudo o que você fez para me intimidar, João. Sei que você grampeou meu telefone, sei que você fez e enviou cartas anônimas. Eu tenho como provar tudo isso – Mirella blefou corajosamente. – Mas eu queria te dizer que eu não vou fazer o mesmo que você. Eu não vou te ameaçar, te deixar acuado, te intimidar. Eu poderia, sim, ameaçá-lo com a polícia e com a lei, assim como você fez com seu advogado hoje de manhã. Mas eu não vou fazer isso. Em primeiro lugar, porque você é o pai do meu filho, acho que o Dani não merece sofrer por você. Em segundo lugar, porque eu te amei muito, você foi muito importante na minha vida e isso eu nunca vou esquecer. Por mais que nossa vida tenha ficado ruim, eu sempre vou respeitá-lo por tudo de bom que você me fez. Por fim, eu não acredito que a gente possa resolver nada na base da força e da ameaça. O que eu sei é que nós já tivemos de conviver de forma violenta e eu não quero isso mais, nunca mais. Nem para mim, nem para você.

Mirella parou mais uma vez. Estava transpirando, sentia gotas de suor escorrendo pelas têmporas, as mãos escorregadias e molhadas. Olhou bem fundo nos olhos de João Marcos e continuou, decidida:

– João, você precisa entender que amor não se ganha na base da porrada. Você teve todo o meu amor e jogou fora. Você era tudo o que eu sempre quis, eu tinha certeza de que era feliz com seu amor. Mas você não soube cuidar do que tinha, você não pôde me fazer feliz. Você desperdiçou um amor dedicado por arrogância, por vício ou por descuido, não sei. Eu só sei que esse amor que você matou não tem volta. Esse amor que você desprezou não vai renascer das cinzas. Muito menos das suas ameaças. Você me quer sabendo que nunca mais vou te amar? Você quer um troféu? Ou você quer ser feliz de verdade, com alguém que você ame e te ame incondicionalmente? Se é isso que você quer, então me esqueça. Me deixe em paz, porque foi você mesmo que destruiu tudo de bom que eu sentia por você.

Mirella surpreendeu-se ao ver João Marcos abaixar os olhos, uma tristeza doída transparecendo em cada traço de seu rosto. Mirella viu algumas lágrimas deslizando furtivas dos olhos dele, a arrogância costumeira ausente nesse momento.

– Eu tenho o direito de ser feliz, João, mas não vai ser com você. Você também não será feliz comigo, eu não posso mais te amar. Mas você sabe o quanto eu tentei, o quanto eu relutei para admitir que não existia mais amor em meu coração. O Dani não é um brinquedo, você não pode usá-lo dessa forma. Você tem noção do que você está se propondo fazer? Você quer me chantagear usando seu próprio filho? Você ama nosso filho, eu tenho certeza disso. Por isso, tenho certeza também de que você não vai ter coragem de expor o Dani a uma situação vexaminosa, constrangedora, cruel. Eu ensino ao Dani todos os dias que ele deve amar e respeitar você. Você ainda é o herói dele, João. Não destrua isso também, não obrigue nosso filho a ter uma decepção tão dolorosa. E, para finalizar, eu sei que você sabe que estou namorando uma mulher. É, estou. É o que me mantém viva ainda, é o que me salvou da destruição que você promoveu em mim. Eu quero que você me respeite, respeite-a e respeite seu próprio filho. Não adianta nos ameaçar, não adianta. Nós nos amamos e você não pode fazer nada contra esse amor. Seja digno como o João Marcos que eu conheci, me deixe viver e amar em paz. Eu não te desejo mal, mas nunca mais poderei te amar. Convença-se disso: acabou.

Mirella assombrou-se com a reação de João Marcos. De cabeça baixa, ele começou a chorar baixinho, gemendo desesperadamente. Apertando as mãos nervosamente, João Marcos murmurava de forma quase inaudível:

– Você tem razão, me desculpe. Você tem razão, toda a razão. Eu amo o Dani, não vou fazer nada que possa magoá-lo. Vai embora, Mirella. Vai embora e me deixe sozinho com minha vergonha. Você tem razão. Você tem toda a razão. Vai embora, me deixa sozinho agora.

– João, você precisa se cuidar. Vai fazer uma terapia, vai se tratar. Eu espero que a gente ainda seja grandes amigos.

– Eu vou me cuidar, Mirella. Um dia, quem sabe, a gente vai se tornar amigos. Agora me deixa, por favor. Não estou suportando a vergonha. Vai embora.

Mirella entreviu naquela humildade o João Marcos que conhecera. Seu coração ficou amarfanhado, doído. Pesado. Virou-se e abriu a porta. Olhou mais uma vez aquela figura triste, o homem que um dia amara loucamente estava cabisbaixo e vencido. Humilhado. Ele ergueu os olhos para acompanhar a saída de Mirella e ela viu neles um brilho diferente, humano.

Ao bater a porta, Mirella sentiu o peso do mundo apeando de seus ombros. Pela primeira vez em muito tempo, Mirella respirava liberdade.

17

O ar frio da noite envolvia Mirella e Ana Maria, a brisa leve deixava seus corpos arrepiados. Ana Maria, deitada na rede, olhava Mirella na cadeira de balanço: para a frente, para trás, para a frente, para trás. Ana Maria pensava nos acontecimentos dos últimos meses. Nunca imaginara que voltaria àquela casa, muito menos que teria o amor de Mirella. Estava feliz como havia muito não sabia possível. "O mundo dá voltas impensáveis."

Mirella entrou na casa por alguns instantes. Voltou com uma cadeira de praia, que colocou ao lado da cadeira de balanço. Sentou-se novamente, virou para Ana Maria e chamou-a com um aceno. Batendo sobre o assento da cadeira, pedia que ela viesse ficar ao seu lado e contemplasse o morro recortado à frente de um céu espantosamente estrelado. Ana Maria saiu da rede com preguiça, sentou-se ao lado de Mirella e segurou-lhe carinhosamente a mão.

– E pensar que tudo começou aqui mesmo, hein? Foi aqui que eu me revelei para você.

– É... Maresias já é parte da nossa história, Aninha.

– Engraçado, isso. A gente já tem história. Você já tinha pensado nisso, Mirella? A gente já tem história...

– E que história!

– Eu ainda não acredito muito no que aconteceu. Foram poucos meses, mas tão intensos!

– Eu que o diga. Você já pensou na mudança radical que eu fiz na minha vida?

– É verdade, Mirella. Mas eu também mudei muito, sinto que amadureci. Você se arrependeu?

– Eu? Tá doida? Eu estou é muito feliz! E até o Dani já percebeu que você me faz bem, sabia?

– Como assim?

– Eu não te contei o que ele me falou ontem? Foi superbonitinho: "Mãe, por que você não convida a tia Ana Maria para morar com a gente? Você fica tão contente quando ela vem aqui".

– Que menino mais fofo! E inteligente, hein?

– Sabe, pensei numa coisa que você me falou há muito tempo, se eu já tinha pensado que poderia formar uma família mais bonita, lembra?

– Lembro sim, faz tempo mesmo.

– E a imagem que me veio foi eu, o Dani e você juntos.

– Seria a família mais linda do mundo, pode ter certeza.

– A mais linda do Universo, isso sim.

Aquele exagero de felicidade tomava conta das duas mulheres apaixonadas, espraiando-se para todo o resto do mundo. Mansamente, um silêncio veio ocupando todos os espaços, enfiando-se entre Mirella e Ana Maria, acalentando o desejo que começava a despontar.

Mirella sentiu o arrepio correndo por sua espinha, eriçando seus pêlos. Inclinou suavemente a cabeça, buscando a boca sensual de Ana Maria com seus dentes, seus lábios, a língua. O desejo vinha calmo, sem pressa. Seus dedos acariciavam levemente o rosto de Ana Maria, que, desarmada, permitia-se o prazer da entrega. Suas mãos enfiavam-se, vez ou outra, por entre os cabelos cacheados dela, roçando-lhe a nuca, tocando o pescoço, percorrendo lentamente do queixo às faces, contornando os lábios com suavidade. Passando por sob os olhos dela, seus dedos seguiram para as sobrancelhas, depois tocaram delicadamente as pálpebras. Sentia o corpo de Ana Maria estremecer sob seus dedos, a respiração dela mudando o ritmo e denunciando sentidos à flor da pele.

Mirella não tinha pressa. Sentia um enorme prazer de explorar o corpo de Ana Maria, de olhar atentamente – e conhecer – a textura da pele, as curvas, cada arrepio. Suas mãos desceram devagar até os ombros, acariciando-os e pressionando-os gentilmente. Ana Maria suspirava. Também não tinha pressa.

As bocas coladas, línguas se enroscando e levando ao delírio. Ana Maria segurou a nuca de Mirella com mais firmeza quando sentiu-lhe os dedos ousando brincar com seus seios, os mamilos despontando sob sua camiseta branca. Sentia os dedos de Mirella passando para os braços, provocando-a maliciosamente com uma espera indesejada. Ana Maria estava arfante, querendo sentir seus seios nas mãos de Mirella, que se demorava em volteios nos pelinhos arrepiados em seus braços.

Ana Maria sentia a afobação do desejo tomando-lhe os sentidos. Alcançou as mãos de Mirella com as suas, colocando-as sobre seus seios e pressionando-as ligeiramente, sentindo-as envolver seus mamilos. Erguendo e abaixando o corpo, obrigou Mirella a fazer-lhe um carinho mais bruto, áspero. Mirella gostou. Apertou os seios de Ana Maria com um pouco mais de força, capturando-lhes os mamilos entre os dedos e beliscando-os levemente. Ana Maria gemeu. Mirella roubou-lhe o ar num beijo profundo, língua no céu da boca, na língua, nos dentes. Ana Maria gemeu de novo. Mirella enlouqueceu.

Suas mãos desceram rapidamente pela barriga de Ana Maria, fazendo pequenos desvios até segurá-la pelo quadril. Ana Maria se contorceu, procurando o contato do corpo de Mirella, mas os braços da cadeira frustraram-na, acelerando ainda mais sua respiração, trazendo a urgência. Mirella gemeu, sua língua buscou a orelha de Ana Maria. Ana Maria pegou a mão de Mirella e, mais uma vez, mostrou-lhe onde tocar. Não suportava mais esperar, agora tinha pressa.

Mirella obedeceu e desceu a mão até tocar os pêlos encaracolados da púbis de Ana Maria, que ergueu seu quadril em fúria, mexendo-se sem parar e ofegando de tesão. Mirella brincou com a loucura de Ana Maria, acariciou-lhe os pêlos, fugindo deles para depois voltar a tocá-los. De repente, enfiou a mão por entre as pernas de Ana Maria, buscando a umidade quente dos grandes lábios. Mirella tocou-a com ritmo, procurando acompanhar a velocidade dos gemidos, da respiração disparada. Sem aviso, penetrou Ana Maria com dois dedos nervosos. Entrando e saindo, entrando e saindo. Freneticamente.

O cheiro do sexo de Ana Maria em ebulição penetrava as narinas de Mirella, que enlouquecia de tesão. Ana Maria estava entregue, pernas abertas, cabeça jogada para trás, narinas infladas, peito arfando.

Escancarada. Mirella aumentou o ritmo. Ana Maria alucinou, contorceu-se de tesão, gemeu, gritou. Gozou furiosamente. Desfaleceu.

Mirella sentiu um prazer imenso ao perceber suas mãos molhadas pelo gozo de Ana Maria. Suspirou profundamente. Percebeu que Ana Maria estava sem fôlego. Sorriu. Levantou-se discretamente, entrou na casa e voltou em instantes com um copo d'água. Ana Maria bebeu a água e respirou fundo, recompondo-se.

Ana Maria ergueu-se de repente, as forças vindas de outra dimensão. Estendeu uma canga no gramado e buscou Mirella pela mão, trazendo-a da cadeira de balanço. Deitou-se ao lado dela, virou-se para Mirella e sorriu. O silêncio ainda imperava, dominador. As palavras não cabiam. Foram trocadas por gestos mínimos, expressões faciais, toques delicados, beijos, pele. Tato. Os olhos acostumando-se ao negrume intenso da noite, o cheiro do sexo, o céu estrelado. Dois bichos no cio.

Mirella tinha fogo por dentro, por baixo, por entre. Por todo lugar. Brasa na fogueira. Ana Maria percebeu a volúpia em seu olhar. Beijou-lhe os olhos, as faces, a boca. Com os dedos ágeis, soltou os botões da camisa larga que Mirella usava. Desatou-lhe o sutiã, pondo à mostra seios firmes, eriçados. Tesudos. Despiu Mirella com calma, roçando a pele salgada dela com dedos macios, suavemente. Pêlos levantaram-se, dourados do sol e do mar. Ana Maria percorria o corpo de Mirella com a ponta da língua, dos tornozelos aos joelhos. Passando pelas coxas, a língua aproximou-se perigosamente da púbis. O cheiro adocicado do sexo de Mirella embebedou Ana Maria. Frenesi. Ana Maria fez um desvio impossível, contornou as coxas de Mirella, lambeu-lhe a barriga, o umbigo. Subiu lentamente até alcançar os seios muito brancos, os mamilos muito escuros. Lambeu e mordiscou os peitos gostosos de Mirella. Massageou o peito direito com sua mão esquerda e chupou o esquerdo com volúpia. Mirella gemeu, mexeu o corpo. Brilhou.

Ana Maria ergueu seu corpo, postando-se de quatro por cima do corpo de Mirella. Dominou-a. Lambeu o peitinho rosado com a ponta da língua, sentiu o gosto de maresia. Naufragou. De ré, veio molhando Mirella com sua língua quente, nervosa. Barriga, coxas, pêlos. Mordiscou-os. Lambeu Mirella por entre as pernas, sentindo o gosto do tesão, a umidade que lhe encharcava- os pêlos. Passeou a língua pelo clitóris, lambeu-o com ritmo, mordiscou. Meteu a língua dentro de Mirella, chupou-a com força. Sentiu Mirella vibrar na sua boca, mexendo os quadris sem parar. Tirou a língua e penetrou Mirella com dois dedos firmes, decididos. Mirella gemeu, mexeu, suspirou. Ana Maria entrava e saía de Mirella enquanto lhe mordiscava a púbis, metia a língua no seu clitóris, brincava com a loucura total. Mirella uivava de prazer. Bicho. Loucura total.

Ana Maria tirou seus dedos molhados de Mirella e deitou seu corpo sobre o dela, deixando-se pesar. Encaixou suas coxas por entre as coxas de Mirella, movimentando seu corpo ritmadamente e fazendo os pêlos se friccionar, se esfregar. Os movimentos calmos foram ganhando intensidade, agitando-se na noite. Mirella beijou a boca de Ana Maria com paixão. Conforme Ana Maria aumentava o ritmo, sentia o corpo de Mirella em convulsão. Sentia suas costas arranhadas pela fúria daquele tesão. Mexia alucinadamente. Mirella gemia. Mirella gritava. Mirella gozou em delírio. Fora de si.

Ana Maria deitou-se ao lado de Mirella. Olhou para o céu e viu uma enorme lua ofuscando as estrelas. Assombrou-se. Virou-se para Mirella, contemplando seu corpo prateado, exausto. Sorriu. Sentia-se em paz.

Mirella abriu os olhos lentamente. Sentiu o brilho da noite possuindo-a inteira. A surpresa pareceu-lhe um aviso. Olhou para Ana Maria, olhou em seus olhos, bem dentro. Ana Maria insinuou a intenção de uma palavra. Mirella a calou com um beijo suave, um toque com os dedos sobre os lábios dela. Fechou os olhos e respirou fundo. Sentiu a grandeza do momento e se fortaleceu. Abriu os olhos novamente e revelou:

– Eu te amo.

Ana Maria encheu-se de uma felicidade absurda. Sorriu. Beijou os lábios de Mirella e abraçou-a com muita força. Desprendeu-se gentilmente e pediu, um sussurro quase inaudível:

– Eu não estou acreditando. Fala de novo?

– Eu te amo, eu te amo, eu te amo. Eu te amo muito. Muito! Acredita agora? Eu-te-amo!

– Eu também te amo, Mirella.

Mirella e Ana Maria ficaram em silêncio, de mãos dadas. A noite estava linda. Mágica. A lua entontecia os sentidos. A brisa leve trazia o cheiro do mato, arrepiava os pêlos, acariciava. Mirella murmurou, ao acaso:

– Lua de prata...

Ana Maria interveio:

– Lua-de-mel.

Mirella sorriu. Ana Maria olhou para a lua cheia, respirou fundo, sentiu coragem. Virou-se para Mirella, olhou em seus olhos brilhantes e ousou:

– Quer casar comigo?

SOBRE A AUTORA

Valéria Melki Busin nasceu em 1966, na capital de São Paulo, onde mora até hoje.

Formou-se em Psicologia pela Universidade de São Paulo em 1989. Desde 1996, vive com sua mulher, Renata, e ambas adoram cuidar de suas cachorrinhas vira-latas.

Em 2001, lançou seu primeiro romance lésbico, *O último dia do outono*, pela Edições GLS. Também escreve para adolescentes e seu primeiro livro paradidático, *Quer Tc comigo*, será lançado em 2003 pela Editora Scipione.

Juntamente com a editora Laura Bacellar, coordena o grupo Umas & Outras, que promove atividades exclusivas para lésbicas. Para saber mais sobre o grupo, acesso o site www.grupoumaseoutras.com.br

Para mandar sua crítica, opinião ou sugestão sobre este livro, escreva um e-mail direto para a autora: valeria.busin@uol.com.br.

SOBRE A AUTORA

FORMULÁRIO PARA CADASTRO

Para receber nosso catálogo de lançamentos em envelopes lacrados, opacos e discretos, preencha a ficha abaixo e envie para a caixa postal 62505, cep 0214-970, São Paulo-SP, ou passe-a pelo telefax (011) 3872-7476.

Nome: ____________________
Endereço: ____________________
Cidade: ____________ Estado: ____________
CEP: ________-______Bairro: ____________
Tels.: (___) ____________ Fax: (___) ____________
E-mail: ____________ Profissão: ____________
Você se considera: ☐ gay ☐ lésbica ☐ bissexual ☐ travesti
☐ transexual ☐ simpatizante ☐ outro/a: ____________

Você gostaria que publicássemos livros sobre:

☐ Auto-ajuda	☐ Política/direitos humanos	☐ Viagens
☐ Biografias/relatos	☐ Psicologia	
☐ Literatura	☐ Saúde	
☐ Literatura erótica	☐ Religião/esoterismo	

Outros:

Você já leu algum livro das Edições GLS? Qual? Quer dar a sua opinião?

Você gostaria de nos dar alguma sugestão?

Impresso em off set

Rua. Clark, 136 - Moóca
03167-070 - São Paulo - SP
Fonefax: 6605-7344
E-MAIL - bookrj@terra.com.br

com filmes fornecidos pelo editor